Etienne Palle

I0668071

La Chaussée des Enthousiastes

Éditions Dédicaces

LA CHAUSSÉE DES ENTHOUSIASTES,
par ETIENNE PALLE

COUVERTURE : Dédale et Icare, par Charles Paul Landon (1799),
Musée des Beaux-Arts et de la Dentelle d'Alençon.

ÉDITIONS DÉDICACES LLC

www.dedicaces.ca | www.dedicaces.info
Courriel : info@dedicaces.ca

2

Etienne Palle

La Chaussée des Enthousiastes

A Elena ...

« *Prenez le temps comme il vient, le vent comme il souffle,
la femme comme elle est.* »

ALFRED DE MUSSET

« *L'amour, par l'enthousiasme qu'il engendre, peut produire le sublime sans lequel il n'y aurait point de morale efficace.* »

GEORGES SOREL, Réflexions sur la violence

« *Le désir d'une femme est un territoire sans limite.* »

LE ROI LEAR, Shakespeare

« *Lorsque l'esprit des hommes te paraîtra étroit, dis-toi que la terre est vaste. N'hésite jamais à t'éloigner, au-delà de toutes les mers, au-delà de toutes les frontières, de toutes les patries, de toutes les croyances.* »

LEON L'AFRICAIN, Amin Maalouf

« *La terre est au soleil ce que l'homme est à l'ange.* »

VICTOR HUGO

« *Il y avait un grand charme à quitter au petit matin une ville familière pour une destination ignorée. Rien ne bougeait encore dans les rues engourdies d'Orsenna, les grands éventails des palmes s'épanouissaient plus larges au-dessus des murs aveugles ; l'heure sonnant à la cathédrale éveillait une vibration sourde et attentive dans les vieilles façades. Nous glissions au long de rues connues, et déjà étranges de tout ce que leur direction semblait choisir pour moi si fermement dans un lointain encore indéfini.* »

JULIEN GRACQ, Le Rivage des Syrtes

« *L'absence diminue les médiocres passions, et augmente les grandes, comme le vent éteint les bougies, et allume le feu.* »

FRANÇOIS DE LA ROCHEFOUCAULD,
Sentences et maximes morales

« *Il n'y a pas de vent favorable pour celui qui ne sait pas où il va.* »

SENEQUE

« *On peut se perdre ou disparaître dans une grande ville. On peut même changer d'identité et vivre une nouvelle vie.* »

PATRICK MODIANO, Discours de
réception du prix Nobel de
littérature

« *Les enthousiastes commencent à devenir intéressants quand ils sont confrontés à l'échec et que la désillusion les rend humains.* »

CIORAN, Entretiens

Avant-propos

L'humeur est humaine, elle tient à peu de chose. D'une façon ou d'une autre, les comportements individuels restent conditionnés par l'environnement.

Souvenons-nous de l'Esprit des lois : « Ce sont les différents besoins dans les différents climats, qui ont formé les différentes manières de vivre et ces différentes manières de vivre ont formé les diverses sortes de lois ».

Quelques notions de météorologie nous apprennent que l'atmosphère, les nuages, les précipitations ou le vent, sont de puissants agents climatiques ayant des conséquences sur le temps, qui génèrent ou accompagnent des changements culturels.

La vie quotidienne en est transformée, la pensée scientifique, philosophique ou encore religieuse aussi.

Pour Aristote, le temps semble requis pour connaître le mouvement, il n'a qu'une existence imparfaite et obscure. Il ne s'agit pas d'une substance, puisque la substance subsiste dans les choses qui changent. À supposer qu'il se compose de parties, aucune de ces parties n'existe vraiment, ni le passé, ni le futur, ni le présent, on dirait une défaillance perpétuelle.

Nous évaluons le mouvement par le temps, nous le déterminons en distinguant l'avant et l'après. Un grand mouvement se fait en peu de temps, un faible mouvement en beaucoup de temps.

Le vent est le mouvement de l'atmosphère que provoquent le réchauffement solaire et la rotation de la terre. Il en résulte des phénomènes aux conséquences particulières.

Selon Coriolis, toute particule en mouvement dans l'hémisphère nord est déviée vers sa gauche dans l'hémisphère sud. C'est un phénomène physique correspondant au fait qu'un corps en chute libre est légèrement dévié vers l'est par une force inertielle résultant de la rotation de la Terre.

La Terre est irrégulière dans la forme de ses continents. Son ensoleillement dépend des saisons et de la couverture nuageuse soumises au vent qui tire son énergie des différences de températures résultant de l'ensoleillement.

Dans les civilisations humaines le vent inspire de nombreuses mythologies qui influencent le sens de l'histoire. Le vent influe sur les transports, les guerres, les déplacements de populations, les migrations, l'économie, la culture, les sciences, même sur les loisirs.

Il façonne la forme des plantes, participe à la reproduction des végétaux. Il fournit des sources d'énergie.

Le vent est un facteur de changement. Et le changement comme le vent pousse l'individu à avancer pour améliorer sa condition au prix d'efforts à l'issue incertaine.

A cet égard, l'histoire suivante met en évidence la quête désespérée d'un groupe de voyageurs en chasse, sur cette bonne vieille terre-mère, d'une place protégée, d'un authentique sanctuaire, digne lieu de prédilection, sorte de territoire sacré à l'abri des regards où ils souhaitent vivre dans des conditions honorables.

Parfois, les évènement se pressent, se multiplient, s'enchaînent sans logique et renforcent la détermination du marcheur à trouver un eldorado magique, puissant.

Avec le temps, le hasard ou la chance, ils découvrent un endroit privilégié, habité, partagé, un espace individuel qu'ils transforment, par leur travail et leur connaissance, en sphère d'activité définie, qualifiée par une appartenance, une spécificité naturelle ou culturelle induisant l'existence de frontières ou de limites.

Ce site unique devient un agencement de ressources matérielles et symboliques qui structurent les conditions pratiques de leur existence et les informent sur leur propre identité.

Sa forme nouvelle va servir d'interface entre nature et culture.

Vaste étendue de terre dépendant d'un Etat, d'une ville, d'une juridiction, chaque individu fait de cette place majeure un modèle de développement dans lequel il maintient ses prérogatives.

Elle constitue au mieux un ensemble, une unité cohérente, au pire un artefact accidentel, un parasite aux effets indésirables, distinct d'un autre causé par un évènement naturel.

Alors on parle d'erreur grossière récurrente, d'évènement psychique artificiel produit par l'exploration de la conscience, de signal aberrant, d'image figée, d'altération de structure ou d'élément défectueux, d'intrus créant des bruits indécents ou des crachements plus ou moins perceptibles, ou plus simplement d'un objet magique, unique, puissant.

Qu'on le veuille ou non, il existe des territoires essentiels, imposants, éternels qu'il faut découvrir, préserver, remettre en place et valoriser, des « bons territoires » qui résolvent tous les problèmes. Lieux étranges, éloignés, inconnus, ils représentent le but, l'idéal le plus loin, l'Ultima Thulé de l'esprit humain…

Dans cette fiction, la notion d'espace-temps est respectée. Ce qui unifie espace et temps est le fait que la mesure du temps se transforme en mesure de distance et s'associe aux autres dimensions de l'espace dans une équation unique où toutes les mesures s'expriment en unités de distance.

En ce sens on peut dire que le temps c'est de l'espace…

Paris, mardi 5 juin

L'homme marchait à vive allure, sans se détourner. Les épaules rentrées, tête baissée, il avançait sans but, comme un automate déréglé. Sa démarche était brutale et froide.

Plutôt que de s'arrêter à la terrasse d'un café, il préférait se rendre à pied chez sa sœur.

Ce qui s'était passé le matin était probablement le moment le plus horrible de sa vie. Emeline était hors d'elle, elle lui reprochait de se désintéresser de son projet.

Il ne pouvait pas placer un mot, elle aboyait littéralement.

La discussion tournait court, comme toujours chaque fois qu'ils n'étaient pas d'accord. C'était ce moment-là qu'elle choisissait pour lui annoncer qu'elle le quittait pour un autre.

Sa décision était prise, elle ne le reverrait pas.

Georges n'était pas un violent, il lui arrivait de perdre son sang-froid. Le même jour il venait d'apprendre qu'il était muté à Strasbourg. Ce fut un vrai choc.

L'idée de perdre son bureau de la rue Miromesnil, pour une ville qu'il ne connaissait pas, le bouleversait complètement.

Sa réaction aux changements de vie le désorientait. Il sauvait les apparences en subissant les évènements mais en son for intérieur il se sentait perdu, dévasté.

Il l'implorait, en vain, elle ne voulait rien entendre, elle avait besoin de réfléchir.

Il se sentait floué, abandonné.

Emeline le quittait, il lui semblait que la vie se dérobait.

La panique l'envahissait. L'altercation était soudaine et brève.

Les insultes pleuvaient, elle le giflait. Georges la repoussait fébrilement.

Ses mains tremblaient, de rage il se mettait à serrer sa gorge brûlante, gonflée de colère.

La fureur l'aveuglait. Soudain, une crise de tétanie, accompagnée de tremblements et de crampes musculaires le terrassait. Une douleur fulgurante sur tout le côté gauche lui

11

faisait perdre connaissance. C'était symptomatique de l'hypocalcémie, elle se traduisait par des troubles du rythme cardiaque, parfois même un arrêt cardio-circulatoire.

Peu à peu il reprenait ses esprits, Emeline gisait inerte sur le lit. Un soulagement mêlé de peur et d'inquiétude l'envahissait lâchement. Il ne l'avait pas tuée, c'était impossible, se répétait-il, il en était incapable. L'idée même lui répugnait.

Il tentait de la ranimer par un bouche à bouche incertain mais en vain. De guerre lasse il quittait les lieux l'abandonnant à son triste sort par peur d'être accusé.

Emeline habitait un petit deux pièces rue Custine qu'elle louait meublé. Quelques minutes suffisaient pour effacer les traces de leur dispute.

Ils s'étaient rencontrés lors d'un vernissage dans une galerie de Montmartre. Elle ne l'avait pas remarqué, un ami commun les présentait. Georges était charmant, les arts premiers étaient sa passion, elle avait été séduite.

Depuis, ils ne s'étaient plus quittés.

Il était infographiste dans une société d'édition. Emeline s'occupait d'art contemporain dans une galerie de la rive gauche, elle voulait ouvrir sa propre galerie.

Elle n'avait aucune empathie pour les autres. La réussite était sa seule motivation, elle était prête à en payer le prix. Son atout, un charisme naturel qui séduisait.

Georges devenait peu à peu un obstacle à sa carrière, il ne pouvait rien lui apporter.

Emeline était distante. Ils ne faisaient plus l'amour, se parlaient peu. La veille, sans raison, elle avait été odieuse.

Il ne supportait plus leurs rapports, ce mépris qu'elle avait. Elle ne lui laissait aucune chance, ne donnait aucune explication, elle l'humiliait en permanence.

Ce jour-là la vie de Georges basculait.

Il décidait d'avancer son départ pour Strasbourg, la Police ne tarderait pas à l'interroger. Avant de partir, il se rendait chez sa sœur, elle devait lui servir d'alibi. C'était chose faite.

Plus tard dans la soirée, au moment où le train entrait en gare de Strasbourg, son beau-frère l'appelait sur son portable. Il n'arrivait pas à joindre sa sœur Emeline. Georges expliquait que lui non plus.

Le temps de trouver un appartement, il irait à l'hôtel.

L'hôtel République, ironie du sort pour un royaliste, se trouvait à cinq minutes à pied de la gare. A peine défaisait-il sa valise que le téléphone sonnait, c'était sa sœur, la Police la questionnait pour savoir où était son frère.

Elle avait hésité, finalement s'en tenait à la stricte vérité, il était muté à Strasbourg pour son travail. L'officier en charge allait le joindre sur son portable.

L'attente était longue, Georges était désemparé. Lorsque le téléphone sonnait à nouveau, il sursautait. Il avait passé la soirée à répéter sa version de la journée du crime. Il était arrivé la veille du crime chez sa sœur et repartait le lendemain après le déjeuner.

Le capitaine Janus du SRPJ de Paris lui demandait de rester à la disposition de la justice, il serait convoqué dans les prochains jours.

Georges finissait par s'endormir habillé sur son lit, non sans avoir vidé la bouteille de J&B de sa chambre d'hôtel.

Lorsqu'il se présentait le lendemain chez Info3D Strasbourg, l'accueil était glacial.

Tout le personnel était au courant de sa réaction de manque d'enthousiasme pour Strasbourg.

Au bout de quelques semaines les rapports s'amélioraient, les gens du bureau, finalement, acceptaient sa présence.

Il était convoqué la semaine suivant son arrivée. C'était un simple interrogatoire, des questions standard, où était-il le jour du crime, depuis quand connaissait-il Emeline etc.

L'enquête suivait son cours, il serait à nouveau entendu, en attendant il ne devait pas quitter le territoire national.

Strasbourg, jeudi 21 septembre

L'été était caniculaire. Georges revenait à Paris fin août pour un second interrogatoire. Le capitaine Janus paraissait agacé, le ton de sa voix poli mais insistant. Entre-temps, il convoquait Sabine, la sœur de Georges. Sa version des faits semblait parfois confuse, elle avait du mal à corroborer celle de son frère.

Janus n'en démordait pas, il n'avait jamais cru à l'alibi de Georges.

Georges était invité au pot de départ d'un collègue. Il discutait beaucoup avec Arpagie la standardiste. Elle était passionnée d'opéra. Ils s'étaient liés d'amitié.

La première fois, le diner avait lieu chez elle. Il était impressionné par son talent culinaire, c'était un véritable cordon bleu. Ses robes légères et courtes dévoilaient de longues jambes fines sur lesquelles reposait un joli petit cul ferme et rondelet. Bref, elle était très sexy.

Ils se voyaient régulièrement et passaient des soirées entières à écouter ses opéras préférés.

Georges se sentait bien. Une fois, la soirée se prolongeait, il restait pour la nuit.

A cet instant, il savait que le bonheur existait, il oubliait ce qui s'était passé.

Arpagie était une jeune femme sans histoire. Séduisante, la trentaine, grande, brune, les yeux bleus tirant sur le vert, elle avait un superbe port de tête, des fesses menues et fermes, des seins magnifiques à croquer.

Sa démarche élégante, son visage régulier, son corps parfait inspiraient confiance.

Au contact d'Arpagie, Georges éprouvait tendresse, désir, compassion. Arpagie versus Emeline.

Son cursus était atypique. Après son droit à la Faculté de Strasbourg, elle obtenait un master de sciences sociales. Ses parents étaient d'honnêtes strasbourgeois à la retraite qui avaient fait toute leur carrière dans la fonction publique.

14

Elle répondait à une annonce pour un poste de standardiste. Elle se disait qu'au moins elle allait rencontrer et parler avec des gens.

Après entretien, sa candidature était retenue.

Elle acceptait ce job en attendant une vraie opportunité. Son rêve inavoué était de prendre la Direction des Ressources Humaines d'une grande entreprise de la région, elle en avait la capacité. Son sens inné des relations sociales développait une grande empathie chez les autres.

Finalement, la mutation de Georges était une aubaine, un mal pour un bien. Il commençait une nouvelle vie. Mais rien n'était réglé.

Les jours coulaient doucement. La vieille ville était un endroit magique, un enchantement pour les yeux. Arpagie lui faisait découvrir des endroits inédits, l'occasion aussi de goûter aux vins d'Alsace dans ses fameux "winstubs".

Georges avait grandi aux Batignolles, ses parents divorcés ne lui apprenaient pas grand-chose. Il s'était construit seul.

Après des études de dessin peu brillantes, il anticipait le boom de l'image numérique. Une rapide reconversion informatique lui permettait de décrocher son premier job à 24 ans chez Info 3D, leader européen de l'infographie.

Lorsqu'il rencontrait Emeline, Georges occupait déjà un poste de Directeur commercial avec un bon salaire. A trente-huit ans, il était toujours célibataire, il consacrait la majeure partie de son temps au travail, sans essayer de se divertir, de faire des connaissances.

Il pressentait un moment qu'Emeline était une partenaire tangible, la suite lui apportait un violent démenti.

Depuis longtemps Georges rêvait d'accéder à un domaine de prédilection, une sorte de « bon territoire » où il déploierait son activité, étendrait ses connaissances.

Arpagie avait l'art de composer, de le mettre en valeur. Elle était un rempart contre l'indifférence et la médiocrité. Avec elle, il se sentait en territoire connu.

Strasbourg, lundi 7 décembre

Georges était à nouveau convoqué à la PJ de Paris comme simple témoin. Le capitaine Janus était plus rude que d'habitude. La Police n'avait relevé aucune trace d'effraction, le meurtrier était un proche de la victime.

Georges était devenu suspect numéro un. Son alibi tenait à un fil, jusqu'à preuve du contraire, au seul témoignage de sa sœur.

Pendant l'interrogatoire, Janus le sentait gêné, sur la défensive. Tôt ou tard Georges devrait affronter ses vieux démons. Janus travaillait comme un pisteur, à l'instinct. Il avait résolu des affaires autrement plus complexes.

Cette fois encore, il décidait de laisser Georges repartir non sans lui réitérer son injonction de ne pas quitter le territoire national.

A son retour, Georges s'effondrait dans les bras d'Arpagie. Il était très ému, lui confiait ses craintes sans rien révéler.

Arpagie donnait un vrai sens à sa vie, son orientation était bonne.

Avec elle Georges nourrissait un ferme espoir d'appartenance, une volonté intime d'exister, de faire souche. Arpagie personnifiait ce territoire essentiel, l'espace protégé dont il rêvait.

Strasbourg, vendredi 31 décembre

Georges emménageait chez Arpagie. Ils décidaient de recevoir quelques amis pour le réveillon puis de finir la soirée au Jimmy's Bar. Les strasbourgeois savaient faire la fête.

Une nouvelle année commençait.

Alors que l'enquête piétinait, le capitaine Janus organisait une reconstitution, probablement pour mettre Georges à l'épreuve.

16

Arpagie était sublime dans sa robe de satin fauve, elle éclipsait les autres par sa grâce et sa beauté. Elle n'avait rien d'une femme fatale, sa séduction était naturelle.

La soirée était légère. Georges ne pensait plus à la reconstitution.

A leur retour du Jimmy's Bar, ils avaient trop bu, ils ne parlaient pas. Georges la séduisait avec fougue sur le canapé du salon. Arpagie aimait la jouissance physique, le plaisir charnel.

Georges subissait un violent traumatisme, cette histoire le bousculait, il n'éprouvait ni remord ni regret, aucun sentiment de culpabilité pour un crime qu'il n'avait pas commis.

Il agissait par instinct, son réflexe était prévisible.

Sans poser de question, Arpagie le protégeait de ses mauvaises pulsions.

Sa lente et imprévisible irruption dans la vie de Georges était bénéfique. Elle était son ange gardien, sa bonne fée. Georges lui donnait amour et sécurité.

Elle l'entourait d'un filet contre vanité et suffisance, tissait patiemment du lien social, nouait une appartenance solide aux milieux culturels et bourgeois de Strasbourg.

Georges se sentait à nouveau en confiance. Le temps finissait par couler sous de meilleurs auspices.

Mais il devait affronter la vérité. Son face à face avec la justice n'était plus qu'une question de quelques jours. Le capitaine Janus fixait la reconstitution au surlendemain.

Entretemps Georges rappelait plusieurs fois sa sœur pour vérifier son alibi. Sabine aidait son frère par amour. Elle et Georges étaient unis comme les deux doigts d'une même main. Ils avaient pour ainsi dire le même âge, Sabine était de deux ans l'aîné. Ils étaient nés tous les deux un deux juin.

Le chiffre deux résonnait dans la tête de Georges comme une répétition. La vie était plus facile à deux, on était plus fort à deux pour construire un espace protégé.

Sa liaison avec Emeline était un feu de paille, elle débutait sur un malentendu.

Emeline était carriériste, Georges n'était pas un ambitieux.

Elle voulait être dans la lumière, il aimait vivre dans la discrétion, à l'abri des regards.

Un temps, ils se trouvaient, prenaient du plaisir. Ils n'avaient pas les mêmes goûts, les mêmes centres d'intérêt, ils n'avaient formé aucun projet ensemble.

Le temps de la séduction passé, leurs chemins se séparaient.

Emeline était une femme de proie inquiétante, attirante, sans cesse en chasse de ce qui pouvait la mettre en valeur ou faire avancer son statut. Elle avait cette prédilection à servir d'appât et agir comme un prédateur. Georges s'était fait instrumentaliser, Emeline était son Golem.

Paris, vendredi 7 janvier

Janus ne lui serrait pas la main, son regard s'était durci. Rémi, le frère d'Emeline, était également convoqué. Il ne semblait pas affecté par la disparition de sa sœur. Georges ne l'aimait pas.

Lors de cette pseudo reconstitution, Georges s'en tenait à la version officielle. Janus et son équipe avaient beau retourné l'appartement d'Emeline, ils n'y trouvaient aucune trace de lutte, aucun objet cassé, aucune empreinte.

Sabine, la sœur de Georges, arrivait en retard, comme à son habitude. Son témoignage paraissait peu crédible. Durant sa déposition, elle était hésitante, se contredisait plusieurs fois.

Pour quelle raison Georges restait-il chez elle ce jour-là ? Avait-il donné des explications à sa sœur ? Qu'avait-il fait durant ce temps ? Il était la dernière personne à avoir vu Emeline vivante.

Finalement l'équation était simple. Après le départ de Georges, Emeline recevait sans doute la visite d'une tierce personne qu'elle connaissait. Ne déclarait-elle pas officiellement à Georges qu'elle avait quelqu'un d'autre dans sa vie ?

Le dossier à charge restait inlassablement vide, aucun élément de preuve, aucun coupable identifié.

Paris, mardi 28 février

Georges était en garde à vue pendant quarante-huit heures puis mis en examen. Son avocat, Maître Bruner, était l'un des meilleurs pénalistes de Paris.

Le dossier de l'accusation ne reposait que sur des allégations sans preuve. Il n'y avait pas lieu de s'alarmer. Arpagie le rejoignait. Elle dormait chez une amie et restait le temps qu'il faudrait.

Georges paraissait calme. Il voyait sa sœur à plusieurs reprises. Sabine avait à cœur de le soutenir. Son frère n'était pas un assassin.

Le jour de l'audience, chaque partie plaidait. L'avocat général appelait le capitaine Janus à la barre pour répondre aux demandes d'explications concernant l'enquête.

Rémi, le frère d'Emeline, semblait très agité, son élocution le desservait.

Sabine, appelée par la défense, répondait aux questions de l'accusation sans hésiter. Ce jour-là sa diction était claire et ne trahissait aucune émotion. Les jurés étaient impressionnés.

Faute de preuve, la relaxe était prononcée. Georges et Arpagie reprenaient le train du soir pour Strasbourg. Ils étaient plus forts à deux.

Dans la culture chinoise le chiffre deux était toujours un bon chiffre, il sonnait comme un mot facile en cantonais. Les bonnes choses allaient par paires.

En Finlande, deux chandeliers étaient allumés pour le jour de l'indépendance. En les mettant sur le bord de la fenêtre, on invoquait le sens symbolique de la division et de l'indépendance.

Strasbourg, samedi 10 mars

Les fortifications de Strasbourg étaient particulièrement soignées en raison de sa position stratégique entre la France et l'Allemagne.

Pour les augures, elles avaient une fonction d'obstacle, elles retardaient l'avance de l'ennemi dans sa progression vers un affrontement rapproché. Leur mission de protection et de mise à l'abri était remplie par de solides défenses et l'emploi de la distance comme avantage en portée.

Elles avaient une fonction symbolique, concrétisaient un pouvoir, une propriété, un symbole de rempart devant les tracas qui assaillent l'existence. Leur rôle de défense représentait un besoin de faire face aux aléas du destin, un respect des traditions, des lois et des règles.

Elles servaient d'annonce à une lutte pour laquelle il fallait beaucoup d'énergie, de sang-froid. Sans se laisser abattre ni crainte à avoir, elles étaient une aide précieuse dans cette confrontation redoutée.

Comme un présage attaché au commencement de toute chose, la première parole prononcée était écoutée avec une attention inquiète. L'oiseau aperçu le premier faisait loi pour l'augure chargé d'interpréter les phénomènes naturels considérés comme des présages.

Dans cette affaire, Janus était l'homme des commencements et des fins, des choix, du passage et des portes, un ouvreur incontournable.

A partir de là, selon Ovide, l'année devait commencer pour s'écouler sans bruit. Sans tourner la tête, il voyait ce que nul autre ne pouvait voir. Sa fonction de guetteur était suffisante pour expliquer son rôle.

Le Capitaine Janus n'avait pas l'intention de lâcher prise. L'alibi de Sabine lui paraissait improbable. Il poussait Rémi à faire appel. Georges recevait la notification une semaine après son retour de Paris.

Les jours rallongeaient, Arpagie convainquait Georges de prendre des vacances.

Prague, le 16 Mars

Les hôtels de la vieille ville étaient remplis de touristes. Ils trouvaient une chambre à l'hôtel Liberty sur la Place Venceslas. C'était un palace désuet dans lequel on goûtait au charme et aux traditions de la vieille Europe avec délice.

Le temps était clément. Prague était une ville cosmopolite comme la plupart des capitales d'Europe centrale.

En cette fin de journée, la cathédrale Saint Guy, nimbée de lumière pourpre, faisait admirer sa flèche la plus haute pointée vers le ciel, comme un défi au temps.

Quand ils rentraient à l'hôtel, Georges recevait un message de Janus lui enjoignant de rentrer en France. Il lui rappelait son interdiction formelle de quitter le territoire.

Leur escapade de courte durée était douce et légère, comme savait si bien les organiser Arpagie. Dotée d'un sens aigu de l'observation et de la distance nécessaire, elle transformait le pire cauchemar en simple obstacle qui n'était plus infranchissable.

Les contrariétés, les contretemps, les problèmes devaient toujours rester neutres, ne

pas interférer dans le cours normal des évènements et être traités séparément.

Au terme de leur brève randonnée, il leur semblait que la ville aux mille tours et aux mille clochers, située au cœur de la vieille Europe, au seuil de l'Europe antique, représentait ce « gué », ce point de passage, cette porte d'accès vers d'autres mondes, d'autres dimensions, située sur un territoire magique porteur d'espoir pour l'humanité toute entière où les problèmes étaient résolus.

Strasbourg, lundi 26 mars

De retour à Strasbourg, Georges appelait son avocat pour connaître les attendus de l'appel et lui demander de préparer sa défense. Maître Bruner lui faisait suivre ses conclusions en réplique.

L'audience d'appel était fixée début septembre. D'ici là l'enquête continuait, Janus ne désarmait pas. Il interrogeait tous les commerçants du quartier, avec la photo de Georges à la main, mais n'avait que des réponses évasives ou négatives. Georges venait très souvent rue Custine mais ne s'y était jamais installé. Emeline ne lui avait pas proposé.

Au moins Janus n'y trouvait-il aucune de ses affaires. Il n'y avait pas de gardienne et les voisins étaient inexistants. La rue Custine était une rue très commerçante, Emeline y faisait parfois ses courses en fin de journée. Elle n'avait ni ami ni relation particulière dans le quartier.

A la suite d'une restructuration chez Info 3D, Arpagie était nommée Directrice de la Communication, son salaire était presque doublé. Elle savait se faire apprécier de tout le personnel, elle rendait de multiples services. Cette promotion était méritée.

Info 3D était en pleine expansion, la société avait besoin d'améliorer son image et sa relation presse. Arpagie était parfaite pour cette mission, elle était motivée, son tempérament extraverti lui permettait souvent d'obtenir ce qu'elle voulait avec le sourire. Georges l'invitait à La Grande Vitesse pour fêter ça, il était très admiratif.

Janus convoquait Georges une nouvelle fois, un commerçant l'avait formellement reconnu sur la photo. Il était sûr de l'avoir croisé le matin du crime.

Georges devait se présenter au commissariat du 18e arrondissement de Paris pour une confrontation.

Paris, mercredi 11 avril

En arrivant à Paris par le TGV de sept heures dix, Georges avait le temps de prendre un café Gare du Nord. Il éprouvait une douloureuse anxiété. Le commerçant qui l'avait reconnu, avait une chance de l'identifier, il était inquiet. Il maintenait sa déposition.

La preuve serait établie de sa présence sur les lieux le matin du meurtre, son alibi tomberait, Sabine serait accusée de faux témoignage.

Entre Janus et lui, il y avait un rapport de forces crucial qui traçait une limite à sa progression, comme un isobare qui, pour un temps, maintenait un équilibre entre eux.

L'intention de cette ligne virtuelle, juste et naturelle pour Janus, marquait la séparation de leurs domaines respectifs. Elle exerçait un contrôle effectif et coercitif sur Georges, servait de moyen de pression utile à l'enquête.

Janus organisait cette confrontation à dessein. L'idée était d'abolir toutes sortes de frontières intérieures entre eux pour accéder à la vérité.

Georges était au pied du mur, ses défenses à nu.

Arpagie le soutenait jusqu'au bout. Lorsque la confrontation eut lieu, il ne fut pas formellement reconnu comme étant l'individu de la photo. Il semblait au témoin que l'homme sorti de l'immeuble d'Emeline était plus grand et portait des lunettes.

Georges était innocent. Sans jamais rien connaître de la vérité, Arpagie l'avait pressenti dès le premier jour. Pour se protéger, par peur d'être suspecté, il avait, probablement à la hâte, arrangé un alibi avec sa sœur. Mais pour Janus, ce crime odieux n'avait d'autre explication que sa présence sur les lieux.

Ce jour-là, lorsqu'il reprenait connaissance, Emeline gisait inerte sur son lit. En essayant de la ranimer, Georges se rendait compte de l'indicible, elle était sans vie.

Il repassait le film plusieurs fois dans sa tête, cherchait à comprendre, en vain, c'était comme un voile noir.

Strasbourg, 3 mai

Le temps semblait s'accélérer. En dépit des résultats de la confrontation, l'appel était maintenu. La partie civile n'avait pas jugé bon de se désister.

Malgré tout, Georges se sentait rasséréné. Janus continuait ses recherches, son enquête était au point mort. Accompagné de ses deux adjoints, il arpentait le quartier Custine, la mine renfrognée, l'humeur chagrine.

Cette confrontation était une véritable humiliation. Le soi-disant témoin n'était plus sûr. Il était incapable de maintenir ses déclarations. Janus avait ferme espoir de trouver la bonne personne qui confondrait Georges.

Emeline avait un amant. Georges avait beau expliqué qu'elle décidait de le quitter pour cet homme, qu'il ne connaissait pas, Janus ne voulait rien entendre.

C'était une réponse dilatoire de la part de Georges, pensait-il.

Aujourd'hui le temps était radieux. Les gens déambulaient sur la place Kléber. Les pavés luisant réverbéraient la chaleur du soleil en une infinité d'éclats d'argent.

Georges et Arpagie prenaient leur journée pour visiter le château du Haut-Koenigsbourg situé à une soixantaine de kilomètres de Strasbourg.

Edifié au XIIe siècle, il faisait partie des plus beaux châteaux français.

Bâti sur un éperon rocheux dominant les vallées de Sainte-Marie-aux-Mines et de Villé, le monument se dressait fièrement au-dessus de Sélestat.

Installé à la croisée de routes commerciales, son importance était stratégique.

Pierre précieuse du patrimoine alsacien, le château était entré dans le domaine national français par le traité de Versailles. Depuis il était classé Monument historique dans son intégralité.

24

Le site était splendide. Georges était impressionné par les nombreuses fortifications aux complications multiples. Dents de dragon, tenailles, barbacanes, caponnières et bastions, cavaliers et merlons, elles apparaissaient farouches et arrogantes comme des sentinelles scrutant l'horizon. Elles étaient éternelles, rassurantes.

L'Est avait cette particularité de correspondre au point exact, à l'équinoxe, de la direction du lever du soleil, un point cardinal oriental. D'un Orient désignant des espaces situés à l'est, il révélait un sens qui dépassait celui du point cardinal.

Marcher vers l'Orient c'était marcher vers la sagesse, choisir la voie droite.

Se tourner vers l'Est signifiait regarder vers le soleil levant, source de toute lumière.

L'homme moderne ne comprenait plus grand-chose à cette orientation.

Bref moment où le haut du globe solaire pointait à l'horizon, juste avant le levant, l'aurore, cette lueur brillante et rosée qui paraissait dans le ciel, sorte de jaune doré, symbolisait le commencement des choses.

Un évènement heureux qui présageait un plus grand bonheur.

Georges était fou de joie, Arpagie lui annonçait qu'elle était enceinte. L'idée d'être père servait de catalyseur. Le garçon s'appellerait Orien, Aurora serait le prénom d'une fille.

Passionné, nerveux, Georges donnait pourtant l'image d'une personne sur la réserve, à la limite de la froideur. Il y avait en lui deux personnalités.

L'une mystérieuse, semblait venir d'un autre monde, rêvant de voyage et de mysticisme, l'autre orgueilleuse, rageuse et possessive. Il souffrait de cette dualité. Très souvent il était assailli par le doute et le découragement.

Georges se servait de son intuition pour dérouter les autres et leur faire comprendre qu'ils ne faisaient pas partie de son monde, ou pour séduire.

Il semblait prétentieux mais c'était plus un mécanisme de défense qu'un vrai calcul. Il savait réfléchir avant d'agir, mais il lui arrivait de sortir de sa réserve, d'être impulsif, influencé par son côté rageur et capricieux.

Volonté et entêtement ne faisaient qu'un chez Georges, même si cela n'était pas toujours payant.

C'était par la persévérance dans le travail qu'il compensait un certain manque de sociabilité et de dynamisme, virant parfois à l'obstination jusqu'à donner l'impression qu'il était le seul à travailler.

Si Georges était sociable c'était plus par obligation. Il avait un désir naïf de paraître, il fallait rencontrer du monde, dévoiler sa vie mais au final il préférait le calme et la solitude.

Il agissait plus par devoir que par passion et enthousiasme.

A son intelligence redoutable, analytique, incisive, rapide, précise, il y avait un revers qui le rendait capable d'ironie blessante et de s'installer dans un système où l'agression était sa seule stratégie.

Sa dualité était exacerbée dans le domaine affectif.

Un instant, Il était capable d'élan de générosité, l'instant d'après de tout reprendre. Il souhaitait être aimé mais lui-même avait du mal à exprimer son amour.

Il voulait avoir des amis, mais ne donnait son amitié qu'après moult démonstrations, toujours avec réticence.

De ces tiraillements naissaient des refoulements, des contradictions, des tendances à être aigri.

Sa sexualité était compliquée, à son image. Fuites, ébauches de réalisations, frustrations, il devait plus sa réussite à des pulsions qu'à la simple chance.

Arpagie lui apportait l'équilibre.

A l'arrivée d'un enfant, Georges devait changer de comportement, faire preuve de diplomatie et de tolérance envers son entourage.

26

Strasbourg, 20 juin

Arpagie embellissait chaque jour qui passait. Sa mince silhouette s'arrondissait. Ses seins prenaient du poids.

Georges prenait l'habitude de rentrer plus tôt du bureau pour être auprès d'elle.

Comme beaucoup de femmes enceintes, elle était désirable. Ses seins plantureux et son ventre rond dégageaient une extrême sensualité.

Georges lui faisait l'amour souvent. Elle se sentait flattée par tant de sollicitude.

Sous les caresses brûlantes, son corps exultait. Elle se livrait avec un enthousiasme débridé, démesuré. Son désir était charnel, puissant, immodéré, il savait l'assouvir.

Elle était consentante.

Arpagie était une vraie femme dans sa plénitude. Elle considérait que la vie était un cadeau du ciel dont on devait puiser bonheur et prospérité.

Elle savait mettre Georges dans la confidence, le libérer de ses liens et de ses tourments.

Il apprenait à vivre l'instant présent. C'était une révélation.

Ils avaient des projets, leur relation n'était pas un simple arrangement de circonstance mais un vrai dessein de vie commune. Une énergie vitale les liait l'un à l'autre.

Georges se mettait en quête de trouver une maison pour leur future famille. Arpagie arrangeait plusieurs rendez-vous. Les visites ne donnaient rien. Il fallait chercher un endroit bien orienté, dans une certaine voie.

Strasbourg, 14 juillet

L'audience d'appel était fixée au jeudi 23 septembre à neuf heures. Aucun témoin à charge ne venait troubler la lente extinction de cette affaire. Faute de preuve le dossier restait vide. Georges était pourtant inquiet.

Strasbourg était en fête, le feu d'artifice était magnifique. Ils dinaient à La Table de Louise, restaurant typique de la cuisine alsacienne. Arpagie dévorait littéralement, elle avait faim. En rentrant, ils s'allongeaient en écoutant Lulli.

Georges était promu à la Direction du Développement, il était maintenant bien intégré.

Ses collaborateurs l'appréciaient pour ses qualités humaines et son sens de l'émulation. Il avait toujours à cœur d'encourager les meilleurs éléments de son équipe.

Peu à peu la vie se mettait en place comme cela devait être.

Chaque composante formait l'essence d'un endroit particulier, un champ vital correspondant à ses besoins d'expansion, un ouvrage capable de résister, délimitant un domaine de prédilection, une enceinte dont Georges était compétent.

Enceinte, Arpagie symbolisait un fort privilégié. Elle en était le portail.

Comme les reflets irisés d'une perle, elle semblait avoir un bon orient, elle choisissait la voie droite. Elle était une beauté dans son aurore, un amour brûlant sur lui-même, la dilection sans éclat, ardente, interne. T'Serstevens disait que « cela ne faisait qu'ennuager d'aurore et de blanc sa chair ambrée. ».

Toute chose ayant une destination, une fin, il lui fallait une orientation vertueuse.

Cela impliquait une dissymétrie, la faculté de distinguer gauche et droite, moins et plus, avant et après. Un positionnement individuel ou social par rapport à un champ de références dans lequel existaient des directions privilégiées. Un sens.

28

La bonne orientation désignait la direction de l'Orient, du côté de l'Est, à droite quand on regarde l'horizon vers le nord, en direction du soleil levant, l'origine de toute vie.

Arpagie était née à Strasbourg. Ses grands-parents y avaient vécu la Grande Guerre. Elle y passait toute son enfance, y faisait ses études. Ses racines étaient solidement attachées à cette terre alsacienne. Elle était de souche par le sang et par le sol.

Pour Georges, c'était différent. Il était parisien dans l'âme, sa venue en Alsace était le fruit du hasard.

Leur rencontre était un événement, une concordance, une émergence nouvelle qui répondait à l'adage le tout est plus que la somme de ses parties. Contingente et nécessaire, véritable paradoxe en soi, en ceci que pourtant elle avait lieu, elle était la négation et le parachèvement du hasard.

C'était un fruit, un amour en somme.

Aujourd'hui, Georges n'envisageait pas d'autre vie.

Paris, 28 juillet

Un nouveau témoin reconnaissait formellement Georges. Ce jour-là, Samuel travaillait à la pharmacie de garde de la rue Custine.

C'était la deuxième fois qu'il assurait la permanence dans ce quartier. Il sortait quelques minutes pour fumer une cigarette. Il n'avait pas de feu sur lui.

L'homme à qui il s'adressait avait une démarche obscure. La tête enfoncée dans son bonnet, on aurait dit un automate. Il marchait vite, semblait effrayé. Il ne s'arrêtait pas.

De taille moyenne, brun, sans signe particulier, ce pouvait être n'importe qui, mais il avait ce drôle d'air fuyant.

Le capitaine Janus convoquait Georges pour une nouvelle confrontation.

Arpagie, dans son état, ne l'accompagnait pas.

Derrière la glace sans tain du commissariat du dix-huitième, Samuel reconnaissait très vite Georges. Oui c'était bien lui, aucun doute là-dessus. Il avait toujours ce regard perdu qui le marquait comme une empreinte.

Georges avait beau répété qu'il avait un alibi ce jour-là, il était placé en garde à vue. Janus jubilait. Jamais aucune de ses enquêtes n'était restée sans coupable.

Arpagie était effondrée.

Maître Bruner expliquait à Georges la procédure qui allait suivre. Il était inculpé, puis placé en détention provisoire.

Dans sa cellule, prostré, Arpagie lui manquait.

Sabine venait le voir à plusieurs reprises. Il y avait de fortes chances pour qu'il reste en détention jusqu'à l'audience d'appel. Maître Bruner faisait son possible pour obtenir sa libération sous caution, le temps de l'instruction. Sa réputation était en jeu.

Finalement Georges était libéré moyennant versement d'une caution de cent mille euros. Le soir même il était auprès d'Arpagie.

Elle préparait un diner aux chandelles. Des cailles aux raisins mijotées dans leur jus avec une sauce typique à l'ancienne, accompagnées d'un lit de poireaux aux truffes.

Elle avait elle-même choisi un Château Latour 1970 qu'elle gardait en réserve pour les grandes occasions. Ce fut une soirée exceptionnelle.

Georges s'enivrait. Après le diner, ils buvaient un vieil armagnac en écoutant Verdi.

Arpagie était resplendissante ce soir-là, elle portait une robe bustier pigeonnante turquoise qu'illuminait la couleur de ses yeux.

Ses lèvres brillaient, son regard suave dégageait une volupté sauvage. Sa poitrine opulente débordait. Sa peau capiteuse avait un doux parfum d'amande auquel Georges succombait.

Il se rapprochait lentement, retirait sa robe. Son désir était au comble. Il faisait glisser sa guêpière de dentelle ivoire ajourée, Arpagie l'enlaçait de son corps brûlant. Le galbe de ses jambes entourait Georges comme autant de caresses. Son pubis, tendu et lisse, appuyait contre son ventre avec la chaleur d'un fer à chaud.

Il n'avait jamais ressenti pareille sensualité chez une femme.

Elle était un ange bien réel, fait de chair et de sang.

Strasbourg, 5 août

Déjà presqu'enceinte de trois mois, sa beauté lascive rayonnait. Georges la gratifiait de prévenances, répondait à ses moindres désirs. A maints égards, Arpagie était redevable de tant de délicatesse. En échange, elle prenait du plaisir à combler chacun de ses fantasmes.

Ses seins avaient grossi, son visage épanoui et sa bouche pulpeuse, Georges savourait l'instant délicieux de chaque fellation.

Pour les vacances, ils envisageaient de faire un voyage à l'étranger. Mais son gynécologue lui déconseillait vivement tout déplacement en avion. Finalement, ils iraient passer le quinze août à Annecy, sa tante avait une très jolie maison au bord du lac.

A Strasbourg, la chaleur devenait suffocante. L'air d'Annecy leur ferait le plus grand bien. Ils prévoyaient de rester une dizaine de jours. Ils avaient tous les deux besoin de repos après les émotions de la semaine passée.

La tante d'Arpagie était une personne charmante et délicate. Elle n'avait pas d'enfant, Arpagie était comme sa fille.

Ils arrivaient tard dans la soirée, leur chambre était prête depuis le matin pour le cas où.

La tante d'Arpagie dormait déjà. A quatre-vingt-trois ans, elle avait l'habitude de se coucher tôt. Elle les verrait le lendemain.

La nuit était fraîche. Pour la première fois depuis longtemps, Arpagie faisait le tour du cadran. Georges était parti au petit matin courir autour du lac, il eut la délicate attention de rapporter des croissants encore chauds.

Il faisait beau, une légère brise irisait la surface du lac. Quelques voiliers coursaient.

La tante d'Arpagie était une vieille dame charmante, elle était si heureuse de connaître enfin Georges. Il était le père de son futur petit neveu ou petite nièce, l'homme qui avait su combler sa fille d'adoption.

Ils déjeunèrent dans le jardin sous les frondaisons, le soleil dardait.

Arpagie se leva de table, elle allait dans sa chambre faire une sieste. Georges prenait un cognac, il s'endormait sous le saule bicentenaire du jardin.

Le séjour était agréable, le soleil radieux berçait chaque instant. Ils faisaient des tours en barque, se promenaient le long du lac. Le soir ils avaient l'habitude de jouer aux Dames, la tante d'Arpagie était imbattable.

Le lac bleu avait des reflets célestes.

Annecy, surnommée « Venise des Alpes », grâce aux canaux qui parcouraient la vieille ville, offrait un site protégé au pied d'une tour de défense édifiée sur le dernier contrefort du Semnoz. Situé au sud-est de la ville, très peu construit, il était en grande partie occupé par une forêt de conifères plantée sur le crêt du Maure.

Jadis village allobroge, bourgade gallo-romaine apparue dans la plaine des Fins au nord du lac, il succédait à un « oppidum ». Véritable habitat fortifié juché sur le roc du Semnoz, il regroupait des activités économiques, politiques et sociales.

Capitale d'apanage, authentique concession de fief du souverain à un fils cadet, Annecy avait bénéficié de la sage administration de Janus de Savoie.

Citadelle avancée de la Contre-Réforme, grâce à son prestige intellectuel et spirituel, elle était devenue « la Rome des Alpes », son rayonnement s'étendait à toute l'Europe.

Un soir ils dinaient à « L'Eridan », berceau de la gastronomie annécienne. Arpagie et sa tante commandaient la truite préparée par Marc Veyrat. Un vrai régal.

32

Strasbourg, le 25 août

De retour un lundi matin pour éviter les bouchons. Georges déposait Arpagie chez elle puis se rendait directement à son bureau.

La chaleur restait écrasante, Dieu merci, les bureaux étaient climatisés. En fin de soirée, il recevait un appel de sa sœur.

Janus était souffrant, il était remplacé par un jeune officier de police judiciaire qui reprenait l'enquête à zéro. Il souhaitait voir Georges avant l'audience.

Georges rentrait pour le diner.

Les Quais de la Krutenau, vus depuis le palais des Rohan, rutilaient au coucher du soleil. L'Ancienne Douane et la Fontaine de Janus se nimbaient de lumière ocre.

Arpagie l'attendait, une coupe de champagne à la main, pour fêter leur retour.

Elle irradiait de beauté. Son corps flamboyant évoquait une nymphe resplendissant dans le soleil couchant à l'idée de retrouver l'homme qu'elle aimait. Bienfaisante et généreuse, elle pouvait guérir Georges de ses maux.

Strasbourg était une ville grandiose, insouciante.

Son histoire, riche et tourmentée, laissait un patrimoine architectural remarquable, un centre-ville, situé sur la Grande Île, entièrement inscrit au patrimoine mondial de l'humanité.

Levée de terre et fortification, la bourgade celte d'Argentorate se confondait avec la lune.

Enceinte fortifiée sur l'Argenta, cité de la rivière, du fleuve, restaurée par les Francs sous le nom de « Strateburgum », elle était un château (die Burg), bâtiment fortifié sur la route (die Straße), après la conversion de Clovis au christianisme.

Elle s'identifiait à ce lieu frontière situé à proximité du Rhin.

Strasbourg, siège de l'Europe, était un temps ville libre d'Empire. Foyer intense d'humanisme et de réforme religieuse, longtemps convoitée, occupée puis libérée, elle était la capitale d'une des régions les plus prospères d'Europe.

Georges et Arpagie s'y sentaient à l'abri, ils y vivaient heureux et s'aimaient.

Lointains enfants de la migration indo-européenne, le lieu répondait à un besoin naturel de culture, de lien social qui unissait la communauté humaine.

L'histoire alsacienne était le fruit de transformations successives engendrées par chacune de ses acculturations cultures celtiques, latines, franques et alémaniques.

Cette « Alsace Bossue » voyait s'installer des hollandais, des français, des suisses, des allemands et même des autrichiens.

Les premiers « villages » seraient apparus à la suite d'une migration de peuples venant de l'est.

Les Alsaciens conservaient leur culture d'outre-Rhin. Leur réseau social traditionnel s'enrichissait de la culture française.

La société strasbourgeoise était peu encline à l'ouverture, les règles établies difficilement transgressibles. Elles s'appuyaient sur une représentation du monde et un univers où le sacré était omniprésent.

L'appartement d'Arpagie était un spacieux deux pièces situé quai de l'Ill dans le quartier de la Petite France. Elle le décorait elle-même, choisissait les couleurs, les tissus des rideaux, le mobilier, les éclairages. L'ensemble était de bon goût.

Situé au deuxième étage sans ascenseur d'une maison à colombages, la vue était magnifique.

Le soir au couchant, les eaux remuantes de l'Ill scintillaient des derniers rayons de soleil comme un essaim d'oiseaux de feu que contemplaient les Cavaliers de Victor Hugo.

Aux soleils couchants, clamait le poète, « tout s'en va ! Le soleil, d'en haut précipité, comme un globe d'airain qui, rouge, est rejeté dans les fournaises remuées, en tombant sur leurs flots que son choc désunit, fait en flocons de feu jaillir jusqu'au zénith l'ardente écume des nuées. »

Souvent en rentrant du bureau, Georges s'arrêtait à la Pâtisserie Koenig pour acheter des éclairs au chocolat ou des Forêts noires pour le diner. Arpagie en raffolait.

Un soir, elle sortait le champagne.

Elle voyait son gynéco, c'était une fille, elle s'appellerait Aurora.

Ils étaient fous de bonheur.

Paris, le 3 septembre

Le lieutenant Eris était nommé en remplacement du capitaine Janus. A force de prendre à cœur les affaires qu'il traitait, Janus ne dormait plus. Il finissait par contracter une maladie infectieuse qui dégénérait en ulcère gastroduodénal chronique. Arrêté un mois, le temps de cicatriser après traitement, il devait rester allongé la plupart du temps, au moins les premiers jours, arrêter l'alcool, le tabac et le café.

D'abord placé en observation à Lariboisière, puis autorisé à rentrer chez lui, il devait se rendre deux fois par semaine en hôpital de jour, pour effectuer des tests.

Eris était jeune, la trentaine, il avait fait l'Ecole de Police, sorti major de la promotion Mendes-France. Il reprenait le dossier de Georges Ostar.

Peu de temps avant sa nomination, il élucidait un meurtre sans mobile apparent, en arrivant à prouver que le meurtrier était bien présent sur les lieux le jour du crime et que son alibi ne tenait pas.

Georges était agréablement surpris.

Le lieutenant Eris était souriant, décontracté, tenue jean et baskets, il s'exprimait d'une manière directe.

Pour lui, le dossier était clair. Georges était la dernière personne à avoir vu Emeline vivante mais il n'en avait pas la preuve. Il comprenait que Georges et elle ne s'entendaient plus, Emeline avait un amant dont on ignorait l'identité.

Eris était de ces flics nouvelle manière pour qui l'élucidation des affaires et la justice passaient obligatoirement par l'application de la loi.

Sa fonction répondait à une véritable vocation. Il se sentait investi d'une mission.

Ses pires ennemis étaient l'incompétence, l'absence de sens moral, la prévarication.

Paris, le 23 septembre

Dans « La fonction de l'orgasme », expliquait Wilhelm Reich, « la vie quotidienne est étroite et exige une discipline sévère. L'homme pratique, par crainte de l'infini, s'isole sur un bout de territoire et cherche la sécurité. »

Longtemps, selon Marie-Christine Fourny, l'identité territoriale se définissait comme une appartenance à partir de laquelle un individu ou une société fondait la conscience de sa singularité en la référant à un espace institué sien. Elle apparaissait comme une forme de reconnaissance dont les attributs relevaient d'un territoire.

Définie comme collective, la construction territoriale consistait non seulement à conférer une utilité à des ouvrages naturels mais aussi à leur donner un sens symbolique.

Les groupes sociaux influaient directement en valorisant certains objets qui faisaient office de médiateurs.

Dans cette perspective, le territoire prenait la forme et la figure visible, sensible et lisible de l'identité sociale. Identité et territoire finissaient par se confondre.

Georges et Arpagie arrivaient les premiers, Maître Bruner les suivait de quelques minutes. Le hall de la Cour d'appel de Versailles était bondé. Ils avaient un bon quart d'heure d'avance, ils prirent un café en attendant le début de l'audience. Le rappel des faits jugés en première instance durait une bonne heure. Le nouveau témoin à charge de la partie civile était appelé à la barre. Afin que son témoignage fusse recevable, le

36

président lui faisait prêter serment: « Vous jurez de parler sans haine et sans crainte, de dire toute la vérité, rien que la vérité».

Il reconnut formellement Georges en le nommant et en l'identifiant du doigt. Samuel n'hésitait pas une seconde, c'était bien l'homme à qui il avait demandé du feu ce jour-là.

L'avocat de la partie civile plaidait le premier. L'avocat général représentant le ministère public revenait sur les faits. Il demandait qu'une peine soit prononcée. Dernier à plaider, Maître Bruner appelait Sabine à la barre qui confirmait l'alibi de son frère.

Arpagie eut un malaise, elle avait besoin d'air.

Pendant la plaidoirie de l'avocat général, Georges restait impassible, indifférent au témoignage de Samuel dont il n'avait aucun souvenir. Maître Bruner commençait sa plaidoirie, sa belle assurance rendait le juge perplexe.

Selon l'enquête de Police, il y avait des contradictions dans la déposition de Sabine. Lors de son audition, elle hésitait à plusieurs reprises. Le Capitaine Janus le consignait dans son rapport.

Maintenant il y avait un témoin formel. Georges était appelé à déposer sous serment. Oui, la veille du crime, il était chez sa sœur toute la soirée et toute la matinée du lendemain. Ses collègues confirmaient qu'il n'était pas allé au bureau ce matin-là. Le juge aurait du mal à infirmer la décision de la Cour d'assises.

Au terme des audiences, le président, ses deux assesseurs et les jurés se retiraient

pour délibérer. Finalement, le jury ne pouvait se prononcer sur la culpabilité de Georges.

L'affaire était reportée à une date ultérieure, le temps pour les services de PJ d'établir l'authenticité du témoignage de Samuel.

Arpagie reprenait des couleurs. Georges avait vainement tenté de la dissuader de venir, elle tenait à être présente. Le bébé était remuant, elle avait besoin de calme et de repos.

La veille son sommeil était agité, elle se réveillait plusieurs fois dans la nuit. Ils avaient dormi chez Sabine.

A l'aube naissante, comme une enfant du matin aux doigts de rose, Arpagie, telle Eos vêtue de safran, apparaissait dans la pâleur du jour, le visage reposé.

La scène était déjà jouée. Georges et elle reprenaient le train de dix-sept heures. En arrivant à la gare de Strasbourg-Ville, ils s'engouffraient dans un taxi.

Le long de la rivière Ill, l'Ancienne Douane, le Palais des Rohan, l'écluse de la Petite France filaient comme autant d'ouvrages naturels et construits, qui révélaient leur utilité, symbolisaient leur identité.

Georges et Arpagie revendiquaient intérieurement leur appartenance à cet espace naturel et culturel, mosaïque de pays vivants, cette vaste plaine d'Alsace, à l'Est entre Vosges et Forêt Noire, champ de fractures pour les premiers hommes à la faveur de l'affleurement.

Strasbourg, le 16 octobre

Ils finissaient par trouver. Située rue du Jeu des Enfants non loin du quai de l'Ill, dans le quartier de la Petite France, c'était une maison à colombages datant du seizième siècle. Son propriétaire l'avait entièrement restaurée.

Ils avaient un vrai coup de cœur. Petite, haute, sur deux niveaux, elle avait un charme fou. Ils n'hésitaient pas un instant, le prix était à peine discuté. Tous les deux avaient un bon salaire, ils obtenaient facilement un financement.

La Petite France était un quartier historique de Strasbourg sur la Grande Ile, parcouru de rues étroites et sinueuses typiquement médiévales, notamment autour de la cathédrale Notre-Dame.

Arpagie avait toujours eu un faible pour cet endroit, Georges était conquis dès le premier jour.

Le Fossé des Tanneurs, creusé au VIIIe siècle, partait de l'actuelle place Benjamin Zix, à la Petite France, et s'écoulait le long de la rue du même nom, la place de l'Homme de Fer, les rues de la Haute-Montée et de la Mésange et enfin la place Broglie.

Il se jetait dans le Fossé du Faux-Rempart à l'arrière de la place du Petit-Broglie. Le fossé coulait toujours aujourd'hui mais il était recouvert pour des raisons d'hygiène.

Sur la Grande Île se trouvaient de nombreux monuments et lieux touristiques, les ponts couverts, le Palais des Rohan, l'Ancienne Douane ou la maison Kammerzell.

Souvent aux premiers instants de l'heure bleue, entre chien et loup, lorsque le ciel, à peine noirci du couchant, se teintait d'azur déclinant, Georges et elle aimaient se promener le long du canal de l'Ill. Tard dans la soirée, ils dinaient en écoutant un opéra de Mozart.

La nuit serait belle.

Dans « L'invitation au voyage », Baudelaire rêvait que les soleils couchants revêtaient les champs, les canaux, la ville entière, d'hyacinthe et d'or, que le monde s'endormait dans une chaude lumière, que là tout n'était qu'ordre et beauté, luxe, calme et volupté.

Au levant, avant que le soleil ne se pose sur l'horizon, les feux de l'aurore, lueurs rosées du matin, chrysalides du jour naissant, s'allumaient comme autant de signaux incandescents.

A l'échographie, ils distinguaient clairement ses jambes menues. Ses attaches étaient fines, ses petites mains déliées. Aurora bougeait avec délicatesse, son visage s'éclairait de grands yeux rieurs. Elle était un évènement heureux qui annonçait un plus grand bonheur.

L'audience de la Cour d'Appel était reportée au 28 novembre, Arpagie était enceinte de sept mois. Elle devait se reposer, éviter les efforts violents. Georges était bienveillant et attentionné. Allant au-devant de ses moindres souhaits, il avait à cœur de lui éviter toute contrariété. La musique avait ce don d'enchantement.

Arpagie savourait les voix d'opéra comme la douceur des grands vins. Chaque intonation était une caresse délicate, une incitation à goûter le plaisir.

Strasbourg, le 16 novembre

Mouvement d'une eau qui dépasse, le « pays au bord de l'Ill » était un territoire restreint d'une grande diversité. Au loin, la Forêt-Noire dressait sa silhouette, d'où émergeait le Hornisgrinde. Les Vosges se montraient plus discrètes, éloignées, moins hautes.

Le Petit Ried était un espace densément peuplé. Phénomène de sources, résurgence qui apparaissait en maints endroits dans les marécages, la forêt y occupait encore des espaces importants. Cette zone humide conservait ses aspects naturels remarquables façonnés par le vieux fleuve autrefois sauvage.

L'automne avait fini par recouvrir la vieille ville de son manteau doré. La Petite France avait des reflets roux. Ses ponts couverts étaient tapissés de feuilles jaunies. Georges et Arpagie aimaient s'y promener.

Versailles, le 28 novembre

L'avocat général commençait sa plaidoirie quand Sabine entrait dans la salle d'audience. L'énoncé des faits était rapide, Georges avait un alibi mais il avait été formellement reconnu le jour du meurtre.

Sabine fut donc une nouvelle fois appelé à la barre. La tension était à son comble. Elle déposait sous serment. Son élocution était difficile, elle était visiblement émue. Au bout d'un moment, elle craquait et fondait en larmes.

Elle mentait, Georges n'avait pas dormi chez elle la veille du crime. Il n'était venu que le lendemain, après le déjeuner. C'était son frère, elle l'aimait, voulait le protéger.

Georges n'avait plus d'alibi. Pour autant, la déposition du témoin de l'accusation ne suffisait pas à démontrer qu'il avait commis ce meurtre.

Lorsque Samuel lui demandait du feu, il était déjà loin de la scène du crime.

Maître Bruner plaidait avec insistance, auprès de la cour et du jury. Il obtenait qu'un complément d'enquête soit mené afin d'identifier et d'entendre l'individu pour lequel Emeline avait décidé de quitter Georges.

Georges était placé en détention à Fleury. Arpagie venait le voir presque chaque jour.

Maître Bruner ne désarmait pas, le dossier de l'accusation restait vide. Une forte présomption pesait sur Georges mais aucune preuve matérielle à charge n'était apportée durant l'audience. Rien ne permettait de l'accuser du meurtre d'Emeline.

Il partageait sa cellule avec un français d'origine arménienne.

Anton, aujourd'hui âgé de cinquante-huit ans, avait tué un ouvrier turc au cours d'une rixe.

Sa famille avait été massacrée lors du génocide de 1915. Son père, alors âgé de deux ans, avait été confié à une famille azérie qui l'avait élevé.

Réfugié en France, il épousait une française dont il avait deux fils. Anton, comme beaucoup de ses compatriotes, avait un petit commerce dans le textile.

La main-d'œuvre employée était en majorité turque. La cohabitation était difficile.

Un jour, il avait une altercation avec un de ses ouvriers qui sortait un couteau. Anton s'était défendu. La justice française ne retenait pas la légitime défense. Il était condamné à quinze ans de réclusion mais faisait appel.

Anton, comme tous les arméniens, ne portait pas les turcs dans son cœur. Coupables d'un génocide aux yeux de la communauté internationale, les autorités turques, aujourd'hui encore, refusaient de reconnaître le caractère génocidaire des massacres perpétués.

Il s'était pris de sympathie pour Georges.

Quand celui-ci eut fini de raconter son histoire, Anton lui expliqua ce qu'il allait devoir faire.

Ce serait un peu rude au départ mais le résultat était assuré.

Georges prévenait Arpagie et sa sœur.

Fleury, le 15 décembre

Depuis une semaine, il clamait son innocence à cor et à cri, jour et nuit. Les autres détenus commençaient à se plaindre. Ils n'arrivaient pas à dormir. Entretemps, il entamait une grève de la faim.

Au bout de dix jours, il était transféré à l'hôpital où il restait cinq jours. Il perdait dix kilos et ne pesait plus que soixante-deux kilos.

Les médias s'emparaient de l'affaire. Cet homme sans histoire vivait à Strasbourg, sa compagne attendait un enfant.

Grâce à une filière arménienne et des complicités dans certains journaux, Anton faisait parvenir à la presse un long message de détresse expliquant l'innocence de Georges.

Le public réagissait et prenait parti. Les réseaux d'aide aux détenus se mobilisaient.

Georges recevait des centaines de lettres de soutien. Les gens l'aimaient, ils approuvaient son geste.

La grossesse d'Arpagie était bien avancée, elle était enceinte de huit mois. La petite Aurora se présentait normalement. Georges et Arpagie se parlaient chaque jour, mais elle avait interdiction de prendre le train. Les secousses et les vibrations étaient mauvaises pour le bébé. Son médecin n'autorisait qu'une visite par semaine.

Le lieutenant Eris était une nouvelle fois requis par le procureur. Il devait rechercher et auditionner l'individu qui avait été le dernier compagnon d'Emeline, peut-être même, selon Georges, le dernier à l'avoir vue en vie.

Eris était un bon flic épris de justice. Selon son intime conviction, Georges Ostar n'était pas coupable mais de fortes présomptions pesaient sur lui.

Il subissait des pressions de la chancellerie, le procureur s'impatientait, l'affaire n'avait que trop duré.

Paris, le 20 décembre

Les fêtes approchaient, Eris diffusait un appel à témoins avec une photo d'Emeline. Plusieurs personnes se présentaient espérant une récompense.

L'hôtel de la Grande Poste l'appelait, ils connaissaient Emeline. Elle venait là chaque jour en fin d'après-midi depuis plusieurs mois et prenait la même chambre. Plus tard, un homme la rejoignait. Ils passaient quelques heures avant de repartir ensemble.

Le concierge de l'hôtel la reconnaissait formellement. Elle était enregistrée sous le nom de Madame Rizzoli, probablement un nom d'emprunt.

Le lieutenant Eris retraçait son nom sur les registres de l'hôtel à partir de janvier. L'hôtel était situé non loin de la galerie d'Emeline. Après avoir interrogé les employés, il pouvait dresser un portrait-robot aussitôt diffusé dans la presse.

Georges n'en revenait pas, Emeline avait une liaison, sans qu'il ne se soit jamais douté de rien ni eu le moindre soupçon.

Emeline était cette femme autoritaire, sûre d'elle, qui n'avait jamais rien à se reprocher.

Pas un instant, elle ne laissait transparaître la moindre émotion qui pouvait trahir son désarroi intérieur. Elle ne se confiait jamais.

Georges ne savait pas vraiment qui elle était, c'était terrifiant. Mais il ne l'avait pas tuée.

Par acquis de conscience, Eris repassait au peigne fin l'appartement d'Emeline, espérant y découvrir un indice que Janus aurait omis, en vain.

La chambre d'hôtel révélait de multiples traces de sperme sur le tapis qu'on allait bien sûr analyser mais sans grand espoir, la chambre ayant été occupée par des dizaines de clients depuis des mois.

Au moment où il s'apprêtait à quitter la pièce, machinalement, il voulait vérifier une dernière fois le canapé qui se trouvait sous la fenêtre.

Ce fut le fruit du hasard ou de la chance, enfouie sous la garniture, il y trouvait une petite chevalière, de celle que l'on porte au petit doigt. Elle représentait des armoiries médiévales.

C'était un écartelé de bras armés tenant une flèche pointe en haut et de pyramides surmontées d'un soleil.

Strasbourg, le 25 décembre

La vieille ville s'illuminait. A chaque coin de rue un grand sapin disposé qui, sous la neige, laissait paraître des décorations bigarrées.

Ils passaient le réveillon tranquillement à la maison. Arpagie était rayonnante. Exceptionnellement, Georges était autorisé à être auprès des siens pour les fêtes de Noël. Il avait pris le train du matin. Sabine s'était joint à eux.

La veille ils assistaient à la messe pendant qu'Arpagie préparait le diner de réveillon. Foie gras, huîtres, saumon fumé, Puligny Montrachet, elle se surpassait. La soirée était délicieuse. Ils se couchaient tôt.

Georges paraissait fatigué, il ne dormait pas bien, les lits étaient durs à Fleury. Ses conditions de détention s'amélioraient mais restaient très rudimentaires. Il avait la chance de connaître Anton.

Depuis, sur ses conseils, il manifestait bruyamment son innocence, les gardiens facilitaient sa vie de détenu. Il avait droit à des rations plus consistantes, plus de temps au parloir quand Sabine venait le voir.

Bref, la direction de la maison d'arrêt considérait, pour soigner son image, qu'il devait être traité avec plus d'égards par peur du scandale. Il aurait une cellule individuelle.

Au traditionnel déjeuner de Noël, Arpagie invitait ses parents. Le chapon cuit à l'ancienne était tendre, agrémenté d'une sauce aux morilles et d'une purée de marron. La bûche

44

venait de chez Lenôtre. Tout le monde complimentait la maîtresse de maison.

Ce soir-là, la petite Aurora tambourinait le ventre de sa maman, Arpagie devait s'allonger.

Paris, le 26 décembre

« A ton aspect, les montagnes tremblent. Des torrents d'eau se précipitent. L'abîme fait entendre sa voix, il lève ses mains en haut. Le soleil et la lune s'arrêtent dans leur demeure, à la lumière de tes flèches qui partent, à la clarté de ta lance qui brille. Tu parcours la terre dans ta fureur, tu écrases les nations dans ta colère. », prophétisait Habacuc.

Eris se plongeait dans la science héraldique. Développée comme un système cohérent de reconnaissance et d'identification, non seulement des personnes mais aussi des collectivités humaines, c'était devenu un système emblématique unique.

Il s'adressait à un spécialiste.

Après recherches, les armes de la chevalière appartenaient à une vieille maison du sud de la France, la famille Valmaur, dont le titre avait été racheté dans les années trente par un négociant en vins de la région de Toulouse. Il n'y avait peut-être aucun lien ni rapport avec son affaire mais Eris voulait en avoir le cœur net.

Le Comte de Valmaur était un bonapartiste de la première heure. D'humeur revancharde, il prenait le maquis pendant les cent jours. Il faut dire que lui et sa famille souffraient de la famine et des guerres à répétition dont il ne comprenait guère le sens.

Il était un ardent défenseur du Tiers-état et des idées révolutionnaires. A l'arrivée de Bonaparte, il avait participé au coup d'état du dix-huit brumaire.

La famille Valmaur habitait la région du Vaucluse dans une petite bourgade non loin d'Avignon.

Eris se rendait au domaine familial en TGV. Il était reçu par un arrière petit-neveu du Comte de Valmaur auquel il expliqua les raisons de sa démarche. Bertrand de Valmaur avait bien un cousin qui était antiquaire à Paris.

C'était cousin « Hub », il n'avait aucune nouvelle de lui, ignorait même son adresse.

Eris rentrait dans la journée. Cousin Hubert était vite retrouvé, il habitait sur la Butte Montmartre, un petit deux pièces avec terrasse. Les voisins en disaient le plus grand bien. Il était charmant, volubile et d'humeur vagabonde.

Il avait pas mal d'aventures amoureuses. Il y a deux ans, il se mariait avec une riche héritière de huit ans son aînée. Le petit appartement de la rue Lepic lui servait de garçonnière.

Il était convoqué au commissariat du dix-huitième.

Sa femme d'origine chilienne était immensément riche. Il réussissait à la convaincre de se marier sous le régime de la communauté comme souvent dans la plupart des pays latino-américains de confession catholique.

Ses parents vivaient à New York. D'origine modeste, ils considéraient que la rencontre de leur fille célibataire avec un aristocrate français permettait d'anoblir leur descendance à bon compte.

Mais Valmaur n'avait pas réussi à leur donner de petit-fils, depuis lors leur relation s'était altérée.

Strasbourg, le 2 janvier

Les fêtes du nouvel an étaient plutôt calmes. Arpagie était sur le point d'accoucher. Georges retournait dans sa cellule, comme prévu, mais avec bon espoir d'être une nouvelle fois libéré sous caution le temps de l'enquête complémentaire.

Arpagie perdait ses eaux le surlendemain en rentrant des courses. Ses parents la conduisaient immédiatement à la clinique de l'Orangerie où son gynéco la faisait accoucher sous péridurale.

Georges était prévenu, il obtenait une autorisation de sortie pour le soir même.

46

La petite Aurora était belle comme le jour, elle avait les grands yeux de sa maman et le sourire de son papa.

Georges la prit dans ses bras, c'était un beau bébé de trois kilos huit. Arpagie était heureuse mais épuisée, elle s'était vite endormie.

Paris, le 5 janvier

La liberté sous caution de Georges était refusée. Jusqu'à preuve du contraire, il était le principal accusé.

Cousin « Hub » convoqué le même jour, se garait devant le commissariat du dix-huitième sous l'œil ébahi du gardien de la paix en faction. Sa voiture, une Mustang Shelby de couleur rouge, n'était pas du meilleur goût. Visiblement il avait dû avoir une nuit agitée.

La mine grise, le regard creusé, il s'adressait au gardien de la paix, comme au voiturier d'un night-club, qui lui indiquait le bureau du lieutenant Eris.

Quand il entrait, Eris était en grande discussion avec le procureur qui lui reprochait la lenteur de l'enquête complémentaire.

Hubert de Valmaur était un grand gaillard sûr de lui. La mèche en bataille, il donnait l'impression de quelqu'un à qui on ne pouvait rien refuser. L'argent de sa femme le rendait arrogant.

Eris lui proposait un café. La discussion était lunaire.

Il lui demandait s'il connaissait Emeline, ce nom ne lui disait rien. S'il avait l'habitude de se rendre à l'hôtel de la Grande Poste, oui parfois, expliquait-il, pour rencontrer des clients.

Eris l' informait qu'on avait retrouvé dans la chambre 306 une chevalière qui semblait lui appartenir. C'était justement dans cette chambre qu'Emeline se rendait chaque jour depuis des mois, où elle rencontrait un homme que le concierge de l'hôtel reconnaissait formellement.

Son visage blêmissait. Il se sentait soudain trahi par ses propres paroles. Il bredouillait quelques mots, il voulait un avocat.

La chambre 306 de l'hôtel de La Grande Poste était pratique, située à mi-chemin de leurs adresses respectives. Elle arrivait la première, il la rejoignait peu de temps après. Emeline était devenue folle, il lui annonçait qu'il devait arrêter de la voir.

Formellement identifié lors de sa confrontation avec le concierge de La Grande Poste, Hubert de Valmaur était prié de rester à la disposition de la justice et de ne pas quitter le territoire. Il recevrait prochainement une nouvelle convocation.

Le dix janvier, en présence de son avocat, cousin Hub finissait par admettre qu'il avait eu une liaison avec Emeline mais qu'il était sans nouvelle depuis presqu'un an.

Eris lui demandait où il se trouvait le jour du crime. Il était avec sa femme, répondait-il, elle pouvait confirmer.

Sa version était cousue de fil blanc. Lors de sa déposition, le concierge de l'hôtel confirmait qu'Hubert de Valmaur continuait de se rendre à l'hôtel jusque juin de l'année dernière. Valmaur devait s'expliquer car il était maintenant soupçonné de meurtre, martelait Eris.

Mais pour quelle raison aurait-il tué Emeline, s'exclamait-il, puisqu'il avait mis fin à leur liaison bien avant juin.

Eris le menaçait de convoquer sa femme pour confirmer son alibi.

Rosamund de Valmaur était une riche héritière du Kansas. Ses parents, d'origine chilienne, avaient fait fortune dans le cuivre. Craignant une nationalisation avec l'arrivée au pouvoir d'Allende, ils avaient vendu leur affaire avant d'émigrer aux Etats-Unis.

Hubert de Valmaur faisait sa connaissance au cours d'un coktail à la Maison de l'Amérique Latine. L'ambassadeur du Chili recevait le gotha chilien à l'occasion de la sortie du dernier film de Sebastian Lelio.

Il n'était pas question de la mêler à cette histoire. Très vite Eris comprenait que Valmaur vivait aux crochets de sa femme.

L'idée qu'elle soit convoquée pour témoigner le rendait furieux, Valmaur était hors de lui. C'était une atteinte à sa vie privée. Un sentiment de frayeur l'avait envahi.

La veille du meurtre, Emeline le menaçait de tout révéler à sa femme s'il la quittait. Il n'avait plus le choix, il allait tout perdre.

Le lendemain matin, en entrant dans la cour de l'immeuble de la rue Custine, Valmaur entendait des cris dans la cage d'escalier. Arrivé à l'étage, il collait son oreille à la porte d'Emeline. Il y avait une bousculade, des cris, puis le silence total. Il attendit quelques minutes avant d'entrer avec son passe.

Georges gisait à terre sur le ventre, sans connaissance. Emeline, allongée inerte sur le lit, respirait encore. Sans hésiter, Valmaur prenait un oreiller et l'appuyait de toutes ses forces sur le visage d'Emeline. Elle se débattait soudain, sentant la vie lui échapper.

Au bout de quelques minutes, elle ne bougeait plus.

C'était la version des faits imaginée par Eris. Il n'avait pas le moindre début de commencement de preuve. Il devait obtenir les aveux de Valmaur et menaçait d'appeler sa femme à témoigner.

Georges Ostar était incapable de commettre un acte aussi odieux, c'était son intime conviction.

Georges déposait une nouvelle requête de mise en liberté conditionnelle. Son compagnon de cellule, Anton, activait à nouveau ses réseaux.

Il faisait circuler une nouvelle pétition qui proclamait haut et fort l'innocence de Georges, l'injustice des tribunaux, et réclamait sa mise en liberté. Eris était sous pression, le procureur général lui enjoignait de remettre rapidement son rapport d'enquête complémentaire.

Strasbourg, le 20 janvier

Aurora avait tout juste seize jours, ses nuits étaient calmes. Georges ne l'avait pas vue depuis sa naissance, elle lui manquait. Arpagie l'emmenait chaque jour se promener le long du canal de l'Ill ou dans le quartier de la Petite France.

Le climat était froid et sec mais il faisait beau. L'absence de Georges lui devenait insupportable, elle se sentait seule. Ses parents l'aidaient. Il lui était difficile de se rendre à Paris.

Finalement Georges bénéficiait d'une liberté conditionnelle, Arpagie était soulagée. A son arrivée, il prenait Aurora dans ses bras, elle lui souriait.

A nouveau, il se laissait doucement envahir par un sentiment d'appartenance.

Georges était convaincu que pour chaque individu il existait un territoire essentiel qu'il fallait remettre en place pour résoudre les problèmes.

Arpagie et Georges s'appropriaient une nouvelle identité.

Comme une anagnorisis spontanée, telle le passage de l'ignorance à la connaissance, de l'erreur à la vérité, ils se reconnaissaient mutuellement.

En vertu d'un heureux hasard, ils découvraient ensemble un milieu naturel favorable. Ils changeaient de statut.

La naissance d'Aurora était le signe révélateur d'une reconnaissance accomplie. Leurs retrouvailles donnaient lieu à de grandes effusions de tendresse.

Il fallait maintenant attendre les résultats de l'enquête complémentaire. Georges n'avait pas tué Emeline, il avait perdu connaissance. A son réveil, elle était sans vie.

Le rapport du médecin légiste concluait à une mort par suffocation et asphyxie.

Son avocat le tenait étroitement informé.

Hubert de Valmaur était à nouveau entendu par le lieutenant Eris qui le menaçait de convoquer sa femme s'il ne disait pas la vérité.

Tout opposait les deux hommes. Georges était calme, réservé, délicat, Valmaur grossier, bruyant, suffisant, sans scrupule, menteur.

La preuve était ainsi faite qu'Emeline n'attachait jamais d'importance aux différences de tempérament, de culture ou d'éducation de ses amants. Ses liaisons amoureuses devaient servir sa carrière. Elle utilisait les gens puis les jetait.

Cette fois-ci c'était Valmaur qui voulait la quitter. Quand elle le menaçait de tout révéler à sa femme, il entrait dans une fureur noire. Elle ne se méfiait pas. Il avait un vrai mobile.

Georges demandait à Arpagie de devenir sa femme.

Très émue, elle disait oui sans hésiter. Leur amour était sincère, profond, ils partageaient un projet de vie commune. L'arrivée d'Aurora les comblait.

Ils décidaient de célébrer leur union en la Cathédrale Notre Dame de Strasbourg. Le mariage aurait lieu le 5 mai à onze heures. La cérémonie serait célébrée par le chanoine Michel Wackenheim, archiprêtre de la Cathédrale.

Autrefois, le Diable survolait la terre, en chevauchant le vent. Il avait aperçu ainsi son portrait sculpté sur la cathédrale, sous l'apparence du Tentateur, courtisant les Vierges folles (Matthieu 25, 1-13).

Il était représenté sous les traits d'un jeune homme séduisant dont le dos s'ouvrait, en sortaient des crapauds et des serpents, mais aucune des jeunes filles naïves auxquelles il s'était adressé ne l'avait remarqué.

Flatté et curieux, il était entré dans la cathédrale pour voir si d'autres sculptures le représentaient à l'intérieur. Retenu prisonnier dans le lieu saint, le Diable ne put en ressortir.

Le vent l'attendait toujours sur le parvis et hurlait encore aujourd'hui d'impatience sur la place de la cathédrale.

Paris, le 25 janvier

Tous les témoignages concordaient. Valmaur, accablé, finissait par avouer le meurtre d'Emeline. Georges bénéficiait d'un non-lieu.

Finalement, cette histoire renforçait ses convictions, la vie n'avait de sens que si elle était partagée. Et si pour Alfred de Musset, la vie est un sommeil, l'amour en est le rêve, et vous aurez vécu, si vous avez aimé.

Il fallait un choc, un accident, pour prendre conscience de sa temporalité et de l'intemporalité de ses sentiments. C'est parce qu'Emeline croisait sa route qu'il rencontrait Arpagie. Un mal pour un bien. Aussi l'existence ne valait-elle d'être vécue que si elle vous tirait vers le haut. En d'autres circonstances, il aurait peut-être échoué.

Le hasard était souvent chanceux pour peu que l'on se donne la peine d'orienter ses choix vers plus de compassion, qu'on laisse libre cours à ses goûts profonds les plus intimes, les plus naturels et humains. Alors l'espérance du mieux prenait sa pleine signification parce que chaque jour était vécu au présent.

Georges était attiré par Arpagie. Il se rapprochait d'elle naturellement avec un parfait sentiment de sécurité, un besoin instinctif d'assouvir son désir d'être heureux. C'était comme avancer vers le bien.

Souvent une infortune procurait des avantages que nous n'aurions pas sans elle.

Ainsi de chaque évènement, indépendant de sa volonté, chaque individu, en vivant l'instant présent, se devait-il de tirer profit l'instant suivant.

En cela, le hasard malheureux des choses devait être vécu comme annonciateur d'un devenir meilleur. A toute chose, malheur était bon.

Sa mutation à Strasbourg, son altercation avec Emeline, sa disparition, son incarcération étaient des moments difficiles. Au début inquiet, bouleversé, Georges finissait par réaliser que ces douloureux évènements étaient les signes annonciateurs

52

d'un avenir radieux dont il posait, ce faisant, les premières pierres.

Ainsi chaque jour, chaque moment vécu dans l'instant devenait-il la source de notre vie future.

Strasbourg, le 18 février

Aurora était un doux mélange. Sa grâce n'avait d'égal que sa grande beauté.

L'hiver s'était prolongé, Arpagie reprenait son travail plus tôt que prévu. Il fallait trouver une nounou.

Info3D remportait l'appel d'offres d'une des plus grosses banques de Moscou pour un contrat de prestations et de services d'une durée de cinq ans. Georges allait devoir se rendre plusieurs fois par mois à Moscou pour mettre en place le programme et former les équipes.

Arpagie le félicitait, elle était heureuse pour lui, inquiète aussi car elle et Georges seraient plus souvent séparés.

La Rosbank était une filiale de la Société Générale. Son département Communication était dirigé par Natacha Dmitrienko, une jeune moscovite de quarante-deux ans qui avait fait toute sa carrière à l'Institut des Langues étrangères avant d'être recrutée. Rosbank recherchait à l'époque un responsable pour sa communication corporate, parlant couramment français.

Georges l'avait rencontrée à plusieurs reprises à Strasbourg.

Grande, brune, séduisante, elle s'habillait la plupart du temps en Chanel. Divorcée, mère d'une petite fille, elle s'impliquait dans son job et parlait un français impeccable sans accent.

Info3D était retenue, parmi cinq autres sociétés participant à l'appel d'offres.

Elle était mieux disante en terme de budget et de prestations. Lorsque Natacha se rendait à Strasbourg pour auditionner l'offre Info3D, les équipes de Georges faisaient une présentation remarquable.

Natacha appréciait le savoir-faire brillant de Georges, la qualité de sa démonstration.

Son regard en disait long sur ses intentions, elle programmait plusieurs réunions par mois à Moscou.

Georges était bel homme, sa présence et sa prestance la subjuguaient.

Au cours de son exposé, il tournait son regard vers elle à plusieurs reprises, la fixant avec insistance. Troublée, elle baissait les yeux pour ne rien laisser paraître.

A l'issue de la réunion, Georges lui proposait de prendre un verre pour un court debrief qu'elle refusait poliment.

Il était magnétisé par cette femme, ses yeux verts le fascinaient. Il était difficile de soutenir et d'oublier son regard.

Moscou, le 15 mars

En arrivant à l'aéroport de Sheremetyevo, Georges repérait très vite le chauffeur de Rosbank qui l'attendait avec une pancarte à son nom.

Il avait rendez-vous à quinze heures précises dans le bureau de Natacha Dmitrienko avec les équipes de la banque pour une nouvelle présentation. Il parlerait français, Natacha traduirait. La limousine était confortable, à l'arrière des boissons fraîches, l'édition du jour du Financial Times, et quelques exemplaires de presse people.

Natacha arborait un tailleur Chanel bleu pâle gansé de soie mordorée. Ses bas couture assortis à des Louboutin vernis noir, des lunettes acier Dior sur un chignon, lui donnaient un air sévère. Son regard brillait comme aux premiers feux du soleil.

Elle lui servait un scotch Perrier dans un verre en cristal de Dyatkovo pendant qu'il installait son Barco sur le bureau.

Les équipes des différents services concernés les rejoignaient.

La réunion durait deux bonnes heures, les gens posaient beaucoup de questions, Natacha traduisait.

Il était déjà tard, Georges devait repartir le lendemain matin par le premier avion d'Aeroflot. Natacha l'invitait à dîner au restaurant Bolchoï. Il avait juste le temps de repasser à l'hôtel Métropole pour se changer et appeler Arpagie. Le chauffeur de Rosbank passait le prendre à vingt heures trente précises.

En entrant dans le restaurant, Natacha se dirigeait vers la table où l'attendait Georges. Sa robe bustier de stretch noire échancrée épousait un corps superbe et généreux. Elle était grande, mince, des seins plantureux, de longs cheveux noir ébène ondulaient sur ses épaules nues. Son regard ombrageux vous enveloppait d'une douce torpeur.

A l'Institut des Langues, elle apprenait le français, l'anglais et l'allemand. Une fois sa maîtrise validée avec succès, elle acceptait une chaire de professeur. On lui proposait également un poste de Maître de conférences à l'Université Lomonossov de Moscou.

Son premier mari s'était mal conduit, elle le quittait, peu de temps après avoir donné naissance à une ravissante petite Tatiana, aujourd'hui âgée de sept ans, dont elle conservait la garde.

La soirée était délicieuse, le chef du Bolchoï était l'un des meilleurs de Moscou. Le pianiste jouait du Franck Sinatra, Natacha parlait beaucoup.

Georges l'écoutait avec attention.

Au moment de partir, elle lui souhaitait un « stchastlivovo póuti ! », bon voyage en russe, en lui prenant le bras. Ils convenaient de se revoir le mois prochain.

Le chauffeur de Rosbank attendait dehors, il reconduisait Georges à son hôtel.

Strasbourg, le 16 mars

Arpagie attendait Georges pour le déjeuner, il irait au bureau l'après-midi.

Aurora allait faire sa sieste, il embrassait tendrement sa fille et la couchait. Dora, la nounou, était une jeune alsacienne de 22 ans qui suivait des cours de comptabilité pour passer son DECS à Strasbourg. Elle était sérieuse, Aurora l'avait adoptée.

Georges racontait son voyage. Arpagie, bien sûr intriguée par le personnage de Natacha, n'en laissait rien paraître.

Elle n'avait aucun préjugé sur les femmes de l'Est, elle savait que les hommes, dans leur grande majorité, n'étaient pas insensibles à leur charme. Elles représentaient les femmes de l'avant, celles qui existaient à l'origine.

Elles étaient dotées d'une bonne orientation et privilégiaient les domaines politique, sexuel, argumentatif, professionnel, scolaire.

Ce constat répondait à une réalité objective que la plupart des sociologues, comportementalistes, observait.

Georges parlait librement. Arpagie l'écoutait avec un air détaché, elle savait à quoi s'en tenir.

Strasbourg, le 2 avril

Natacha souhaitait que la mise en œuvre du projet soit avancée, elle prévoyait un nouveau déplacement à Strasbourg. Arpagie s'arrangeait pour participer aux réunions.

Lorsque Georges lui présentait sa future femme, Natacha restait de marbre, visiblement agacée.

Au cours des discussions, elle s'exprimait dans un français impeccable. Georges était admiratif.

Arpagie saisissait l'occasion pour poser quelques questions insidieuses plutôt pertinentes qui avaient valeur de test.

Combien de temps durerait la mise en place du projet, quel serait le degré d'implication des équipes, si les réunions pouvaient être organisées aussi bien à Strasbourg qu'à Moscou. Natacha paraissait évasive mais insistait clairement sur l'obligation pour le chef de projet, en l'occurrence Georges, d'assister à toutes les réunions prévues à Moscou.

Georges était surpris de cette soudaine insistance, ce besoin irrépressible de vouloir infiltrer un milieu qui n'était pas le sien. Natacha était intrusive.

Un territoire pouvait être partagé pour autant que les règles d'occupation, d'appartenance, soient respectées par les occupants.

Un territoire était sacré.

En venant à Strasbourg, Natacha manifestait clairement un désir de partager l'espace intime de Georges contre son gré. Sans le savoir, elle enfreignait les règles.

Imaginant que son statut de cliente étrangère était celui d'un diplomate lui donnant des droits, elle portait atteinte au fragile équilibre qui liait Georges et Arpagie.

Sa démarche était flagrante, sa volonté de séduction maladroite. Nonobstant sa réserve, Georges était flatté.

Natacha était une belle femme, elle était seule. Elle avait le charme des femmes slaves, cette douceur tendre, ce besoin de sédentariser ses sentiments.

Georges était, de ce point de vue, l'homme idéal, sans attaches réelles, pensait-elle, il n'était pas marié. Bon soldat, homme de devoir, il pouvait être un possible compagnon de route, voire un père de substitution parfait pour sa fille Tatiana.

Il était avant tout une source inépuisable de renseignements.

Avant de repartir pour Moscou, Natacha se rendait compte de sa bévue, Arpagie était une vraie personne, intelligente, elle devait être son amie. Elle décidait de s'en faire une alliée.

Georges avait choisi Arpagie naturellement, elle l'aimait. Leur lien s'avérait profond, universel. Ils vivaient dans une sphère privilégiée qui préservait leur identité, ils s'étaient fait une place qu'ils aménageaient pour développer leur activité. Cet endroit unique était la solution de leurs problèmes.

Leur fille Aurora était le fruit de leur position, elle renforçait leur pouvoir d'appropriation sur un domaine de prédilection inaliénable et intangible.

Moscou, le 15 avril

La Place rouge était envahie de touristes, le soleil lui donnait des allures de fête. Les sosies de Lénine et Staline, comme les clowns tristes d'un cirque disparu, devenaient les symboles dérisoires d'une époque révolue.

Le tombeau d'Oulianov serait bientôt transféré, marquant à nouveau la volonté du régime de tirer un trait sur le passé.

Les églises fleurissaient, leurs dômes scintillaient, comme autant de pétales d'or, illuminant la capitale. Il y avait quatre cent églises à Moscou.

Natacha avait rendez-vous avec le Ministre du Commerce Slimonov. Deux autres personnes présentées comme les conseillers du ministre assistaient à l'entretien. sans doute des officiers du FSB, pensait-t-elle.

On la priait instamment d'obtenir des informations sur la société Info3D.

Cette société travaillait pour le Ministère de la Défense française, elle avait développé une technologie unique dans le domaine de la création expérimentale d'hologrammes par ordinateur qui allait révolutionner les techniques d'infographie en trois dimensions.

Les militaires français mesuraient l'importance et la portée de cette découverte.

En terme de reconstitution et de transmission de données confidentielles sur les personnes et les biens, notamment les équipements et les systèmes de défense, elle marquait une vraie rupture technologique avec les techniques du passé.

Les services russes avaient souhaité s'y intéresser, Natacha était l'agent opérationnel chargé de collecter les données du

58

dossier technique, pour cela tous moyens matériels et humains seraient mis à sa disposition, elle avait carte blanche.

Strasbourg, le 20 avril

La date de leur mariage était proche. Arpagie essayait une très jolie robe de mariée chez Céline que Georges finalement lui offrait.

Ils suivaient la préparation au mariage et choisissaient des textes pour la messe.

Aurora allait bientôt avoir un an, elle était trop petite pour être enfant d'honneur.

Georges faisait partie du réseau d'entraide aux personnes en détresse « Main Secourable » affilié à l'association Caritas Alsace. A ce titre, il participait à des rondes de nuit, comme le Samu Social à Paris, pour secourir les SDF de Strasbourg.

Au cours d'une de ses maraudes il rencontrait un vieil immigré russe sans emploi, qui se disait ancien chauffeur d'Eltsine, limogé à la suite des évènements. Réfugié en France, il était demandeur d'asile.

Sa conversation était des plus intéressantes.

Il racontait que durant les derniers jours de son service, il avait eu l'occasion de conduire quelques femmes fonctionnaires à la datcha d'été du président.

La plupart d'entre elles étaient superbes, en général issu de milieux modestes. Pour s'en sortir, elles faisaient carrière au sein de la hiérarchie militaire ou des services de renseignement.

L'une d'elles était membre du GRU, les services de renseignement militaires russes. Professeur à l'Institut des Langues Etrangères, elle avait été recrutée pour sa connaissance des langues et sa grande beauté.

Brune ardente aux yeux verts, elle se vantait de connaître Eltsine de façon intime.

Elle avait cette façon envoutante de vous regarder qui vous plongeait dans une douce léthargie, il semblait que rien ne pouvait lui être refusé.

Georges blêmissait, il reconnaissait Natacha Dmitrienko.

Il savait pertinemment que tout fonctionnaire du Kremlin restait fonctionnaire à vie.

Placée à la communication corporate de Rosbank, la mission de Natacha était d'approcher la société française Info3D et obtenir des informations confidentielles.

Il en parlait à Arpagie. L'appel d'offres était truqué, pensait-il.

La mise en place d'un programme d'infographie en trois dimensions à la Rosbank, sous le contrôle d'un agent du GRU était révélateur de l'intérêt que les services de l'administration russe portaient aux sociétés étrangères de haute technologie, particulièrement françaises.

Malgré cela, Georges discernait mal le rôle de Natacha.

Le Directeur Technique lui donnait la réponse.

Info3D travaillait pour la Défense Nationale sur des programmes dérivés, classés « secret défense ». Georges était probablement choisi pour jouer le rôle de mulet, celui par qui transitait les informations.

Le service de sécurité de la société était placé en état d'alerte, les données confidentielles SD mises au coffre. Le ministère de la Défense, boulevard Saint Germain à Paris, était informé, une enquête allait être diligentée. Natacha serait déclarée persona non grata, son visa retiré.

Strasbourg, le 5 mai

De tout temps, les églises catholiques, les cathédrales, étaient construites de manière à ce que le choeur soit toujours orienté vers l'est, qui représentait le soleil levant, la lumière, la naissance, la vie.

Arpagie entrait dans la cathédrale Notre Dame de Strasbourg au bras de son père, visiblement émue. Elle était resplendissante. Georges l'attendait au pied de l'autel, sa sœur Sabine était son témoin. Aurora, était au premier rang dans les bras de Dora la nounou. Du haut de ses quatre mois, elle ne quittait pas des yeux ses parents.

Le chanoine Michel Wackenheim finissait de prononcer son homélie, la messe qui s'ensuivait était d'une intense ferveur.

Les futurs mariés échangeaient leurs alliances, ils étaient dorénavant mari et femme, pour le pire et pour le meilleur.

Michel Ambroise Wackenheim était né le 7 décembre 1945 à Mertzwiller dans le Bas-Rhin. Compositeur de chants liturgiques en langue française, il était archiprêtre de la Cathédrale Notre-Dame de Strasbourg depuis juin 2009.

Le temps était radieux, ils sortaient par le portail principal. Les invités jetaient les traditionnels grains de riz. Arpagie rayonnante lançait le bouquet de la mariée au milieu des convives.

Georges était un grand gaillard, brun, les yeux marrons. Il avait un côté chef scout dans sa façon de marcher. Il parlait calmement. Son physique régulier rassurait Arpagie, il avait cette force tranquille.

Lorsqu'il rencontrait Arpagie, son humour et son intelligence la séduisaient. Il avait ce don de mettre les autres en confiance.

Quelle n'était pas sa surprise d'apercevoir Natacha Dmitrienko à la sortie de la messe.

Seule, tranquille, sûre d'elle, elle attendait sur le parvis. En tailleur Chanel rose pâle, coiffée d'un chapeau Dior haute couture, elle félicitait les jeunes mariés.

Arpagie la remerciait courtoisement.

Plus tard, Georges apprenait que Natacha s'était arrangée, à l'insu de tous, pour visiter le département technique d'Info3D juste avant la messe.

Elle n'était pas autorisée à prendre de photos ni à pénétrer dans le labo de recherche.

Le service de sécurité avait été sur les dents deux heures durant. Elle était repartie l'après-midi même pour Moscou.

Georges n'en revenait pas, elle prenait des risques inconsidérés. Son comportement était inacceptable. Elle devait s'expliquer.

Moscou, le 7 mai

Natacha était convoquée le surlendemain au Ministère du Commerce. En présence des deux officiers du FSB, le ministre Slimonov manifestait sa mauvaise humeur.

Elle ne respectait pas les règles. Sa visite inopinée sans autorisation chez Info3D enfreignait tous les codes, allait contre tous les usages.

Natacha en éveillant les soupçons, risquait de compromettre la mission.

Une telle désinvolture méritait sanction. Natacha agissait comme une débutante.

Le ministre était furieux. Natacha expliquait qu'elle outrepassait peut-être ses droits mais elle était sûre de recruter Georges.

Si elle ne réussissait pas à regagner la confiance du ministre, elle serait dessaisie du dossier et remplacée.

L'enjeu était crucial pour la Défense russe, il s'agissait d'équiper tous les services de transmission de l'Armée rouge.

Moscou, le 15 mai

Georges était arrivé tôt. Mitia, le chauffeur de Rosbank, l'attendait comme prévu.

Lorsqu'il était entré dans le bureau de Natacha, elle ne l'avait pas laissé parler, se confondait en excuses pour son attitude indigne, ça ne se reproduirait pas.

Elle expliquait à Georges qu'elle voulait agir vite, se rendre compte par elle-même de la qualité des produits, vérifier lesquels seraient les mieux adaptés aux besoins de Rosbank en matière de systèmes trois D.

Son déplacement n'était pas prévu, ses équipes n'étaient pas prévenues, elle était de retour en fin de journée.

Georges restait sceptique. Dans toute sa carrière, il n'avait jamais entendu pareille explication.

Il lui racontait cette histoire du chauffeur d'Eltsine. Elle niait tout en bloc, il y avait confusion, c'était une erreur. Elle n'avait jamais travaillé pour le gouvernement russe.

Sa mère était juive, son père ukrainien d'origine tatare, les services russes n'auraient jamais accepté son recrutement.

Natacha portait une jupe plissée bleu pâle Valentino ouverte sur les côtés, qui, à chaque pas, découvrait de longues jambes effilées.

Son chemisier blanc écru, légèrement transparent, dévoilait des seins superbes au galbe parfait. Sa taille était menue, ses mains délicates, elle avait cette élégance naturelle que conférait un corps de rêve.

Georges n'avait pas d'attirance particulière pour cette femme, Arpagie le comblait pleinement. Elle n'avait rien à lui envier, mais il reconnaissait que Natacha était une belle femme.

Ils passaient la journée ensemble à revoir le projet Rosnet dans le détail.

En guise de déjeuner, des plateaux repas étaient servis dans le bureau.

Georges se sentait à plusieurs reprises envahi d'une douce torpeur. Il succombait au charme de Natacha et ne devait son salut qu'en reprenant le fil de ses idées.

Elle dégageait une volupté troublante. Comme Hathor, déesse égyptienne de l'amour, elle incarnait l'épouse, la mère et l'amante.

Ses grands yeux verts fascinaient, ils avaient le pouvoir d'envouter ses interlocuteurs.

De ses atours émanaient une grande puissance de séduction. Natacha savait tirer le meilleur parti de ses charmes.

Elle se rapprochait de Georges, ôtait ses chaussures, à cette époque il faisait chaud à Moscou. Elle se tenait debout derrière lui pour lire les dernières pages du projet.

Ses pieds menus adorables, avaient des doigts fins soignés qui séduisaient Georges, il devait être fétichiste, pensait-il.

Natacha s'appuyait contre lui, les mains posées sur ses épaules. Sa gorge opulente effleurait le bas de sa nuque, sa jambe gauche dénudée se collait au genou droit de Georges.

La sensualité de chacun de ses gestes la rendait plus désirable encore.

Georges se sentait irrésistiblement attiré, il perdait pied devant tant de beauté, calme et volupté.

Elle s'asseyait sur les genoux de Georges. Face à lui, jambes écartées, chemisier ouvert, son regard brillait. Ses seins jaillissant comme des globes dorés avant le lever du soleil, ne demandaient qu'à être caressés. Georges brûlait ses ailes.

Natacha embaumait « Poison » de Saint Laurent. Sa fragrance boisée exhalait d'effluves pénétrantes aux effets dévastateurs.

Elle se levait, sa jupe froissée, remontée au bas des reins, dévoilait un string couleur sang. Georges admirait la courbure charnue de ses hanches, il se sentait d'humeur vagabonde et sauvage.

Elle lui servait un Mac Callan bien tassé. Il buvait sec. Un halo enivrant de chaleur l'envahissait, sa vie ne tenait qu'à un fil, pensait-il.

Au cours de la discussion, les lèvres humides de Natacha effleuraient son visage. Elle lui jetait un regard de braise, ses yeux émeraude dardaient mille feux.

Georges collait machinalement sa bouche contre la sienne, son corps brûlait d'impatience.

Seins dressés, cuisses grandes ouvertes, Natacha se déchaînait sans retenue. Furie avide, sa langue épaisse aspirait la verge gonflée de Georges comme les vagues lèchent le bord de la plage. Elle agitait son âme et troublait sa raison.

Le rapport était bref, intense. Natacha allongée sur le bureau, soumise, docile, ses ongles plantés dans le dos de Georges, il la pénétrait brutalement. Elle laissait échapper un petit cri rauque d'animal traqué.

Dans « Brumes », Carco ajoutait qu'« il la pénétrait bestialement, dans une hébétude sensuelle qui n'atteignait à la lucidité qu'à la minute où l'on voit, par une nuit d'été, la fusée d'un feu d'artifice fondre en un riche bouquet d'étoiles pâmées qui retombent au néant. ».

Le vigile de sécurité demandait si tout allait bien, elle répondait d'une voix cassante et agacée.

Strasbourg, le 16 mai

Arpagie s'abstenait de tout commentaire, de la moindre question.

Georges ne laissait rien transparaître, il racontait sa journée de travail avec les équipes de la banque comme si rien ne s'était passé.

Il n'était pas fier de lui, sa faiblesse et son mensonge en faisaient un paria, un être veule.

Cette histoire ne lui ressemblait pas, elle ne menait nulle part. En s'exposant à une intrusion primitive, envahissante, il prenait le risque de tout perdre .

Arpagie ne voulait rien savoir, elle avait peur.

Georges était fidèle, cette femme l'avait sans doute abusé, pensait-t-il. Il était stupide.

Aurora regardait son père d'un œil attendri, son innocence lui renvoyait sa mauvaise conscience.

Il se sentait piégé. Natacha avait le moyen de le faire chanter s'il ne fournissait pas les informations qu'elle lui demandait.

Le seul espoir de Georges était qu'une fois officiellement déclarée « persona non grata », elle soit interdite de territoire et refoulée à la frontière, mais la procédure risquait d'être longue.

De l'utilité et de la nécessité de la frontière en période de trouble relevait du cas pratique.

A l'origine front, succédant aux confins, elle désignait une limite fortifiée, protégée, qui permettait de contrôler un territoire défini et supprimait les enclaves.

Elle était, dans sa genèse, le produit de rapports de force, une ligne consentie faite pour être franchie, à certaines conditions légales mutuellement agréées, une conquête de la civilisation, selon Régis Debray. Quand il n'y en avait pas, c'était la loi du plus fort.

Il n'y avait de frontière juste et naturelle que celle qui fixait pour un temps l'équilibre entre deux territoires.

Les services de la DGSE se rendaient sur place, ils inspectaient le laboratoire de recherche, auditionné ses ingénieurs. Georges était interrogé plus longtemps que les autres, c'est lui qui avait établi le contact à Moscou.

Ils voulaient savoir si son interlocuteur moscovite avait tenté de l'approcher, il avait dû raconter dans le détail le programme de sa dernière journée à Moscou.

Ils avaient un dossier sur Natacha Dmitrienko, elle figurait comme agent de quatrième échelon, c'est-à-dire, dans la nomenclature des fonctionnaires russes, disposant de pouvoirs et de moyens illimités.

Son nom était apparu dans une affaire précédente de corruption active et d'intelligence avec le GRU (services de renseignement militaires russes) chez Thalès.

Elle était intimée de quitter le territoire français dans la plus grande discrétion pour ne pas créer d'incident diplomatique.

Depuis elle était citée dans plusieurs dossiers touchant le Secret Défense sans aucune preuve à charge.

Georges était consterné, Info3D devait respecter un contrat.

La banque versait un acompte de trois cent mille euros. Le contrat portait sur la fourniture de systèmes et d'équipements d'infographie tridimensionnelle et prévoyait des prestations de formation et de maintenance d'une durée de cinq ans.

Le montant total du contrat était de un million cinq cent mille euros à raison de trois cent mille euros par an. C'était le plus gros contrat jamais signé par la société.

Les gens de la DGSE expliquaient à Georges qu'il devait impérativement continuer de remplir ses obligations contractuelles, comme si rien ne s'était passé, pour ne pas éveiller les soupçons.

De leur côté, ils allaient passer un message à leurs homologues du FSB.

L'idée était de faire comprendre à nos amis russes que l'agent Dmitrienko était grillé et qu'à terme, ils devaient la remplacer par un expatrié français de la Société Générale.

Strasbourg, le 22 mai

Georges était gêné, il se sentait en porte à faux vis-à-vis d'Arpagie.

Elle ne manifestait aucune acrimonie à son égard, son humeur était égale.

Quand il rentrait du bureau au soleil couchant, Arpagie continuait avec nonchalance de préparer l'apéritif sur le balcon du salon pendant qu'Aurora terminait de dîner dans la cuisine avec Dora.

Aurora couchée, ils allaient se promener le long du canal de l'Ill, la brise était douce, les eaux paisibles. Ils parlaient tranquillement.

Arpagie avait cet air distant.

Elle ne posait jamais de questions, ne demandait aucune explication.

Un soir, Georges, n'y tenant plus, racontait ce qui s'était passé, elle pleurait sans rien dire.

Il implorait son pardon, c'était difficile. Elle ne pouvait accepter cette situation.

À décharge, Natacha Dmitrienko était un agent étranger en mission dans une guerre économique que se livraient les grandes puissances. Comme Grietje, elle usait de ses charmes pour séduire et obtenir des infos confidentielles.

Arpagie était déchirée, meurtrie. Elle aimait Georges de toute son âme, c'était un homme bien. Il manquait de discernement dans ce domaine comme beaucoup d'hommes. Bien sûr, croyait-elle, il n'était pas seul responsable.

Georges détaillait maladroitement le jeu de Natacha pour tenter de se dédouaner. Une montée en puissance savamment orchestrée, un véritable arsenal érotique auquel il n'avait pu ni su résister. Il évitait d'ajouter qu'il avait été pris d'un besoin irréfrénable de posséder cette femme.

Il n'avait aucune excuse. Il s'en voulait terriblement, Arpagie comptait plus que tout.

Dans le fond il l'avait déjà perdue, quelque chose était cassée.

Strasbourg, le 28 mai

Depuis que Georges était rentré de Moscou, ils ne faisaient pas l'amour. Il fallait du temps.

Aurora grandissait en sagesse, sa beauté était intemporelle.

Elle ressemblait à un ange qui transmettait un message divin. Son front était généreux, ses grands yeux dorés, elle avait le regard de Gaïa, l'expression de la vie.

Arpagie parlait peu, un soir elle ne rentrait pas. George la cherchait toute la nuit. Elle s'était réfugiée au « Bleu de Nuit », un bar branché de Strasbourg où elle buvait quelques verres, plus que de coutume.

Georges était calme, ils étaient rentrés, avaient beaucoup parlé.

Il lui redisait que cette femme ne comptait pas, il avait été séduit mais n'avait pris aucun plaisir. Arpagie était la femme de sa vie, ils construisaient leur avenir ensemble.

Malgré tout, Georges sentait que c'était fini. Arpagie ne pardonnait pas, elle avait du mal à recoller les morceaux. Elle faisait des cauchemars, se réveillait chaque nuit en larmes, horrifiée, son mari dans les bras d'une autre. Il était tard, bien tard.

Moscou, le 10 juin

Louis de Montfroy remplaçait Natacha, un français pure souche qui avait fait toute sa carrière à la Direction Générale de la Société Générale de Strasbourg.

Il reprenait le dossier du contrat Info3D, il ignorait tout de ce qui s'était passé.

Les équipes étaient réunies dans son bureau, en présence de Georges, pour faire un point sur l'état d'avancement du programme.

Georges prévenait immédiatement Arpagie. Elle se sentait soulagée.

Les services du FSB comprenaient vite où était leur intérêt. Ils souhaitaient éviter un nouvel incident diplomatique.

Les relations avec la France restaient bonnes en dépit des sanctions. La plupart des hommes d'affaires français maintenaient leurs échanges avec leurs fournisseurs et leurs clients russes.

Le dossier ukrainien était une manipulation américaine à l'encontre des intérêts européens. Ils avaient appuyé le coup d'état contre Ianoukovytch et agitaient le chiffon rouge d'une intégration de l'Ukraine à l'OTAN.

Le risque que soient installées des batteries de missiles US à ses frontières, n'était pas acceptable pour la Russie. La réaction du Kremlin était immédiate.

La Crimée, ancienne province russe à majorité russophone, était annexée provoquant maladroitement l'application de sanctions par l'Union. S'en suivait la prise de contrôle par les militaires russes des villes minières de Donetsk et de Lougansk, verrous de l'Est ukrainien, grenier à charbon de la Russie et véritable couloir d'accès à la Crimée.

A contrario, l'Accord de Minsk évoquait « l'idée de création d'un espace humanitaire et économique commun de l'Atlantique à l'océan pacifique » sur lequel la France et l'Allemagne s'engageaient clairement.

La France et la Russie n'entretenaient-elles pas des relations amicales, historiques, culturelles depuis des siècles ? De Gaulle dans son discours de Strasbourg en novembre 1959 définissait cette « Europe vraie » de l'Atlantique à L'Oural.

A son retour de Strasbourg le ministre du commerce admonestait violemment Natacha, elle avait échoué, sa mission était un fiasco. Sa maladresse ravivait de vieux scandales, ce n'était pas la première fois.

Il décidait qu'elle serait remplacée par un français pour satisfaire la demande des services français avec qui les relations étaient bonnes.

Natacha ne réagissait pas, elle se savait protégée au plus haut niveau.

La réunion durait deux heures, Georges reprenait l'avion le jour même.

Il était convenu que, dorénavant, les réunions se dérouleraient une fois par mois à Moscou.

Louis de Montfroy viendrait à Paris autant de fois qu'il le jugeait nécessaire.

C'était un homme peu amène, les cheveux gris, la cinquantaine, il était l'archétype du technocrate de province qui avait réussi et entendait le faire savoir.

70

Marié, trois enfants, sa femme énarque travaillait au ministère de la Fonction Publique, une vraie caricature.

Arpagie n'avait plus de raison de s'inquiéter. Natacha était remplacée.

Avec le temps, elle reprenait peu à peu confiance. Le mal était fait, il fallait cicatriser.

Elle pardonnait difficilement.

Le comportement de Georges était très masculin, voire enfantin.

Les hommes manquaient souvent de maturité, surtout lorsqu'on touchait à leur sexualité.

Ils le vivaient comme un retour à la petite enfance, un réveil oedipien mal assumé.

Strasbourg, le 28 juin

Aurora s'était endormie, ils avaient écouté le Requiem allemand de Brahms puis s'étaient couchés. Georges voulait serrer Arpagie dans ses bras, sans succès, elle le repoussait, expliquant qu'elle n'était pas prête. Elle se sentait trahie.

Georges était contrit, il avait agi sans réfléchir, il devait en payer le prix.

Arpagie était superbe dans sa robe d'organdi jaune, elle prenait toujours soin d'être élégante lorsqu'elle se rendait à son travail.

Après la naissance d'Aurora, sa ligne était intacte, elle rayonnait de sensualité. Devenue blonde, elle changeait de parfum. « Juliette has a gun » était une fragrance dont les effluves ravageuses vous imprégnaient de l'être aimé.

Georges souffrait de ne pouvoir honorer la femme qui l'aimait, c'était une façon de le punir. Arpagie en était consciente, des bouffées de désir l'envahissaient, comme un besoin charnel de se laisser aimer par l'homme qui lui donnait du plaisir.

Un soir, Georges rentrait plus tôt.

Aurora partait se promener avec la nounou, Arpagie s'était assoupie un instant sur son lit.

Sans bruit, Georges dénouait sa cravate, retirait ses chaussures et s'allongeait près d'elle.

Les phéromones faisaient le reste comme le simple parfum de l'amour.

Arpagie glissait instinctivement sa robe. Elle portait une guêpière blanc cassé Chantal Thomas en dentelle de Calais outrageusement ajourée. On devinait la pointe de ses seins.

Elle retirait ses bas jarretière, découvrant de longues jambes satinées.

Son corps parfumé de crème d'amande embaumait la frangipane. Sa taille menue de « Gibson girl » soulignait le galbe délicat de ses seins généreux. Georges était fasciné par son pubis rasé. Il prenait Arpagie sans retenue, libérant à foison l'écume de sa semence.

Aurora rentrait de promenade. Georges était heureux, soulagé, Natacha n'existait pas, il regagnait la confiance de sa femme.

Aimer Arpagie était le meilleur moyen d'oublier ce qui s'était passé.

Il lui arrivait encore de se réveiller la nuit, imprégné du parfum de Natacha, avec l'étrange sensation de revivre la chaude journée de Moscou.

Il aimait se souvenir de l'excitation qu'il ressentait dans les bras de Natacha, le plaisir qu'il avait de la faire jouir aussi fort.

Natacha ne se manifestait plus depuis leur aventure.

Georges restait partagé entre la crainte de perdre à nouveau Arpagie et le besoin de revoir Natacha. Il n'avait jusqu'à maintenant jamais ressenti pareil sentiment.

Chez Natacha amour et sexe se confondaient comme pour mieux éprouver la sensation charnelle que le sentiment est la perception du corps réel modifié par l'émotion décrite par William James.

72

Paris, le 3 juillet

La DGSE, via Interpol, lançait un mandat d'arrêt international contre Natacha Dmitrienko.

Les services russes soulevaient l'exception d'irrecevabilité. Madame Dmitrienko bénéficiait de l'immunité diplomatique en sa qualité de fonctionnaire d'Etat.

Il n'y avait pas eu d'incident diplomatique, ni de pression d'aucune sorte, les services des deux pays entretenaient de bonnes relations.

La procédure était officiellement abandonnée.

Georges devant prochainement retourner à Moscou, la DGSE souhaitait au préalable le rencontrer. Il avait beau expliqué à l'officier en charge que Natacha Dmitrienko ne faisait plus partie de la direction du projet chez Rosbank, le Commandant Rakovicz patron du service action insistait.

Il lui recommandait de rester sur ses gardes. Au besoin, pendant ses voyages à Moscou, il pouvait lui affecter un membre du service action comme garde du corps. Il jouerait le rôle de secrétaire.

Les services du GRU ne se séparaient jamais vraiment d'un agent.

Il était « dormant » mais pouvait être réactivé à tout moment pour des missions ponctuelles différentes, sur d'autres périmètres.

Georges se renseignait auprès de Louis de Montfroy.

Effectivement Natacha faisait toujours partie du staff Rosbank, elle était officiellement détachée du Ministère du Commerce à la Direction Générale de la banque.

Mais elle n'occupait plus de poste opérationnel. Georges se rendait à Moscou prochainement, il en aurait le cœur net.

Moscou, le 16 juillet

A son arrivée à Sheremetyevo Airport, Georges devait prendre un taxi, le chauffeur de Rosbank n'était pas venu le chercher. Probablement une mesure de rétorsion de la part de Montfroy. En pénétrant dans le hall de la banque, il croisait Natacha qui ne le voyait pas.

Elle portait un tailleur Chanel ivoire, son Kelly vert en autruche devait coûter une fortune.

Elle était en grande discussion avec un homme de petite taille parlant couramment russe qui s'avérait être le Directeur Général de Rosbank, un français issu du sérail Société Générale.

Georges se sentait soudain soulagé, il avait le sentiment de s'être sorti de l'emprise de Natacha.

La réunion commençait à quinze heures trente, Louis de Montfroy exposait ses desiderata en apportant quelques modifications au projet initial.

Décidemment cet homme n'aimait pas la vie. Il était à Moscou pour trois ans.

Une fois son contrat de détachement terminé, il rentrerait à Strasbourg pour terminer sa carrière à la Société Générale.

Monfroy était psychorigide. Il avait du mal à comprendre les objectifs du programme Info3D, il fallait tout lui réexpliquer. La mise en place prenait du retard.

La réunion se terminait à dix-neuf heures.

Georges avait loupé le vol de retour, il devait rester à Moscou pour la nuit. Il reprenait une chambre au Métropole.

Il appelait Arpagie pour la rassurer sans mentionner qu'il avait croisé Natacha.

Il se faisait monter un diner dans sa chambre et regardait la télé.

L'hôtel international Métropole était l'un des plus anciens de Moscou, il disposait de tout le confort d'un cinq étoiles, du wifi et de la plupart des chaînes TV internationales. Georges sélectionnait CNN pour les news.

74

Il était sur le point de se coucher lorsqu'on frappait à sa porte.

Avant d'ouvrir, il vérifiait machinalement qui cela pouvait bien être à une heure aussi tardive de la nuit.

Quelle n'était sa stupeur de voir Natacha qui patientait devant la porte de sa chambre.

Des images flashaient dans sa tête. Il se sentait vulnérable, n'ouvrait pas.

Elle insistait, l'appelait par son prénom, elle voulait simplement lui parler.

Il ne répondait pas, ne voulait prendre aucun risque. Il avait peur de tout perdre.

Ce fut bientôt le silence, Natacha avait disparu.

Agios Nikolaos, le 28 juillet

C'étaient leurs premières vacances d'été depuis la naissance d'Aurora.

Ils louaient une villa en Crète pour le mois à Agios Nikolaos, charmante petite ville côtière de l'est de l'île. Ses plages de galets et de sable fin en faisaient un endroit agréable unique en été comme à l'automne.

Le soir les rues étaient animées, de nombreuses tavernes proposaient des boissons locales, on y jouait au tavli (version locale du backgammon), jeu prisé par les Crétois.

Au centre-ville, le lac Voulismeni surnommé "bassin d'Artémis", était bordé de cafés, de restaurants et de boutiques.

Le petit port d'Agios Nikolaos était une villégiature typique de la beauté de l'île. Les barques bleues et blanches des pêcheurs, tranquillement alignées, se heurtaient sous l'effet du clapot.

La villa Héraclion était située sur la plage non loin du port.

Ils emmenaient Dora qui n'avait jamais quitté Strasbourg. Elle passait ses premières vacances à l'étranger, elle était joyeuse.

La chaleur était écrasante, ils allaient à la plage chaque jour. Le meltem soufflait un vent chaud. Le soir ils dinaient tôt.

Les grecs étaient un peuple dynamique et accueillant. Ils supportaient durement la crise et la venue des touristes était perçue comme une occupation en temps de paix.

Aurora avait presque huit mois, elle adorait les bains de mer et le soleil, elle nageait comme un poisson pendant des heures.

Un jour ils firent une sortie en mer vite écourtée, Arpagie et Aurora étaient malades.

Le lendemain ils visitaient le palais de Minos à Héraklion et prenaient en photo les dauphins bleus qui décoraient les quartiers de la reine.

Strasbourg, le 30 août

A leur retour, ils n'avaient pas de mauvaises nouvelles. Le salon sentait bon le jasmin.

La ville avait repris son cours. Le canal de l'Ill était à son plus haut niveau.

Georges avait un message de la DGSE qui souhaitait un compte rendu de son passage à Moscou.

Le Commandant Rakovicz était informé par ses honorables correspondants que Natacha reprenait du service à plus grande échelle chez Rosbank. Montfroy était une de ses couvertures.

Georges retrouvait le vieux chauffeur immigré russe auquel il était venu en aide une nuit lors d'une tournée de « La Main Secourable ».

Il proposait de l'emmener à Paris pour une audition à la DGSE. Il acceptait avec une joie non dissimulée.

En témoignant, Sacha Dougueniev avait le sentiment de se rendre utile, de faire œuvre patriotique. Le régime actuel faisait en sorte de maintenir en place la plupart des fonctionnaires ayant servi le régime soviétique afin de donner des gages à la

76

vieille garde communiste. Sacha était remercié ainsi que la plupart des proches d'Eltsine.

Georges savait que Natacha Dmitrienko était une menace pour sa sphère privée.

Elle agissait comme un signal aberrant ayant un effet indésirable. Il s'était laissé prendre à la suite d'une erreur grossière, obéissant à des mécanismes puissants hors de toute rationalité.

Son comportement avait des conséquences douloureuses. Arpagie n'était plus la même, elle ne lui faisait plus confiance.

Georges comprenait qu'il avait commis l'irréparable. Quand on casse le ressort, le mécanisme ne fonctionne plus. L'amour c'était un peu la même chose.

Paris, le 12 septembre

Ils arrivaient par le train de sept heures dix. Sacha dormait la veille chez Georges après avoir pris une douche et s'être rasé de près.

Georges lui prêtait un de ses costumes. Il était méconnaissable.

Le Commandant Rakovicz les recevait dans son bureau. La déposition de Sacha Dougueniev, ex-chauffeur d'Eltsine, était passionnante et instructive. Elle corroborait les infos dont disposait la DGSE.

Il apparaissait que Natacha Dmitrienko avait été quelque temps la maîtresse officielle de Serguéï Oulianov le vice-ministre de l'intérieur du dernier gouvernement Eltsine.

Durant cette période elle avait constitué son propre réseau au sein du Kremlin.

En se liant avec certains hauts dirigeants, elle gardait ses prérogatives et son pouvoir d'influence auprès du gouvernement actuel.

Elle se sentait toujours protégée.

Sacha Dougueniev connaissait bien cette époque, comme officier d'ordonnance détaché auprès du ministre de la Défense puis comme chauffeur d'Eltsine. Il était un ancien du Corps d'élite de l'Infanterie de Marine russe (« Morskaya Piekhota »).

Médaillé de l'Ordre du Mérite militaire et de l'Ordre de la Guerre patriotique de première classe, il avait toujours su se faire apprécier de ses supérieurs, à maintes reprises il avait rendu des services.

Nommé Capitaine après le conflit géorgien, il était également décoré de l'Ordre du Drapeau Rouge. Depuis, il restait très attaché à l'esprit des manifestations d'août 1991 et aux idées d'Eltsine.

D'origine modeste, le Président Eltsine était un homme simple, proche du peuple.

Il demandait souvent à Sacha des nouvelles de sa famille.

Le Noël du Kremlin était pour lui l'occasion de remercier l'ensemble du personnel et faire des cadeaux aux enfants.

Premier président non communiste d'une République encore soviétique, il avait joué un rôle-clé dans l'échec du putsch de Moscou en août 1991.

A l'arrivée de Poutine, la plupart des proches d'Eltsine était limogée.

Le Commandant Rakovicz remerciait Sacha et les raccompagnait.

D'origine kosovar, sa famille avait été massacrée par les paramilitaires de l'UCK. Profondément affecté, il avait quitté le Kosovo pour s'installer à Paris où il avait été recruté par la DGSE. Il était bien noté par sa hiérarchie, son dossier était excellent.

La France était une authentique terre d'accueil. Véritable mère nourricière, elle donnait une seconde chance aux immigrants qui souhaitaient s'intégrer et la servir. En retour, ils recevaient droits et protection.

Strasbourg, le 20 septembre

L'Est dans la culture russe connotait l'idée d'« origine », ce qu'il y avait avant. Depuis le 16e siècle, il jouait le rôle symbolique d'espace pionnier.

La grande avenue qui quittait Moscou vers l'Est s'appelait, depuis l'époque soviétique, la « Chaussée des Enthousiastes », ceux qui étaient prêts à partir dans le lointain Est pour mettre en valeur les immenses espaces situés entre Oural et Pacifique.

Marcher vers l'Est c'était marcher vers la sagesse, choisir la voie droite.

Arpagie était plus que jamais resplendissante, sa silhouette élégante, fine, reconnaissable entre toutes. Les gens l'appréciaient pour ce qu'elle était, une jeune femme enthousiaste, belle, dynamique, compétente. Son sens du contact et de la relation humaine les rassurait.

Georges continuait ses déplacements à Moscou, il était sans nouvelle de Natacha, il ne l'avait pas revue. Montfroy ne faisait aucune allusion à cette aventure. La mise en place du programme avançait bien, il félicitait Georges.

Chaque jour, à la tombée du soir, après avoir couché Aurora, Georges emmenait Arpagie se promener le long du canal de l'Ill. La vieille ville sous le soleil déclinant avait des airs de beauté endormie.

Un soir, après une balade à vélo à travers le bois des Paresseuses, ils dinaient au « Bord de l'Eau », un restaurant sur le canal.

Sacha finissait par accepter un emploi de vigile chez Info3D. Il habitait la loge du gardien et touchait un salaire net de mille deux cent euros. Grâce à Georges, il retrouvait un statut social.

Un soir il prenait un verre au « Perestroïka », il y croisait par hasard Sergueï, un de ses compagnons d'armes de la

Morskaya Piekhota, en vacances pour quelques jours à Strasbourg.

Il avait découvert ce bar il y a un an avec des amis de sa période SDF.

Le patron, un russe blanc de Saint Petersbourg, l'avait aidé à traverser l'hiver.

A première vue, l'endroit n'avait pas l'air très sexy.

C'était le genre de bar devant lequel on pouvait passer tous les jours sans s'y arrêter.

Mais l'intérieur était magique, la déco vintage URSS assez surprenante lui rappelait les quelques rares bons moments de son passé moscovite.

C'était un bar très cool, il adorait y aller le vendredi soir pour se détendre après une semaine de boulot ou le dimanche après-midi pour traîner avec des amis.

Sergueï et lui finissaient le petit matin à la vodka complètement ivres.

Sergueï avait travaillé au GRU.

Au cours de la conversation, Sacha comprenait à demi-mot que Natacha Dmitrienko était relevée de ses fonctions et mise en disponibilité par l'administration russe.

Elle était retournée enseigner à l'Institut des Langues étrangères où elle conservait une chaire de professeur.

Elle racontait à Sergueï que lors d'une de ses récentes missions, elle était tombée amoureuse d'un français vivant à Strasbourg qui lui avait brisé le cœur.

Cet homme-là, disait-elle, était un cœur pur, son regard franc lui inspirait confiance.

Il pouvait être un bon compagnon, un père aussi pour sa fille Tatiana.

Strasbourg, le 3 octobre

La ville de Strasbourg attachait une importance toute particulière aux relations de coopération avec la Russie. Elles se traduisaient au quotidien, depuis de nombreuses années, par des échanges multiples et diversifiés, échanges de jeunes, échanges culturels, échanges universitaires, échanges d'expérience entre collectivités locales, etc.

Forte de sa vocation européenne, désireuse de contribuer activement à la consolidation des relations de bon voisinage entre l'Union européenne et la Russie, et à la construction d'une Europe unie, Strasbourg souhaitait formaliser en 2009 ses relations d'amitié avec la ville de Vologda, capitale culturelle du Nord de la Russie.

Un nouveau partenariat était signé par les Maires des deux villes, autour de 3 axes, culture et patrimoine, tourisme, sport, santé et cohésion sociale.

Dans le cadre de l'Année France Russie en 2010, Strasbourg accueillait également les Journées du Patrimoine de Moscou autour d'une exposition sur le patrimoine de la capitale russe et d'une table-ronde d'experts français, russes et européens sur les enjeux actuels liés à la préservation et la promotion du patrimoine.

Près d'une cinquantaine de manifestations étaient organisées pour faire vivre la Russie à Strasbourg tout au long de l'année 2010, notamment la troisième Rencontre franco-russe des collectivités territoriales.

De nombreux échanges existaient par ailleurs entre les deux villes en matière culturelle et touristique. Un projet de Marché de Noël strasbourgeois à Moscou était en discussion.

Des échanges scolaires existaient en outre depuis de nombreuses années entre le Lycée des Pontonniers et le Lycée Romain Rolland de Moscou. La section Internationale Russe des Pontonniers avait été inaugurée officiellement en 2010.

81

Un partenariat entre les villes de Strasbourg et Veliki-Novgorod, placé sous l'égide de l'Union Européenne, était cofinancé par des fonds communautaires.

Les Offices de Tourisme des deux villes poursuivaient régulièrement leurs échanges.

« L'Isba Rouge » connaissait un véritable succès. Strasbourg était régulièrement sollicitée par d'autres villes russes pour partager cette expérience, considérée comme un véritable modèle en matière de développement touristique et de coopération décentralisée franco-russe.

Strasbourg accueillait régulièrement des délégations de Russie qui venaient étudier les expériences et les bonnes pratiques mises en oeuvre par la capitale européenne dans des domaines très divers.

La ville était fréquemment choisie par des organisations russes pour accueillir des congrès et colloques, notamment en 2011 le Forum économique et financier russe en France ainsi que la réunion du Conseil mondial des compatriotes russes.

De multiples manifestations mettant en valeur l'excellence de la culture russe étaient régulièrement organisées à Strasbourg, notamment des concerts et spectacles d'ensembles venus de Russie.

Le Consulat Général de Russie à Strasbourg était extrêmement actif et organisait régulièrement des soirées musicales et littéraires autour de la Russie.

Invitée d'honneur de la Foire européenne en 2006 et du Marché de Noël en 2009, la Russie permettait à une vingtaine d'artisans venus de 6 régions de Russie de faire découvrir au public et aux visiteurs strasbourgeois la richesse et la diversité des traditions artisanales et culinaires de leur pays.

De solides liens historiques et culturels liaient l'Alsace à la Russie, ils étaient mis à l'honneur lors d'un colloque organisé par l'Université de Strasbourg suivi de la publication d'un ouvrage sur « L'Alsace et la Russie ».

A l'occasion de l'Année de la littérature et de la langue russe en France, la ville s'associait pleinement à ses partenaires locaux pour faire vivre la culture russe à Strasbourg.

Des échanges universitaires et scientifiques, impliquant chercheurs, médecins ou encore étudiants, se développaient largement entre Strasbourg et la Russie.

Un partenariat de haut niveau unissait les Hôpitaux Universitaires de Strasbourg et l'Académie de médecine d'Omsk (Sibérie Occidentale).

Ailleurs un accord hospitalo-universitaire se concrétisait par des échanges réguliers de médecins qui procédaient à des opérations dans la ville partenaire, ainsi que par l'accueil à Strasbourg d'internes russes de manière permanente.

Dans le cadre d'un programme européen dans le domaine de la chimie, un consortium scientifique réunissait l'Université de Strasbourg, le CNRS et l'INSERM avec plusieurs universités russes.

D'autres accords de partenariat associaient l'INSA et l'Université d'aménagement foncier et d'architecture de Moscou, les Facultés de droit de Strasbourg et Velikiy Novgorod, l'Institut d'Etudes Politiques et l'Institut National des Relations Internationales de Moscou, différentes branches de l'Université de Strasbourg et l'Université Lomonossov de Moscou.

L'étude des capitales de l'Est révélait l'existence d'une histoire commune.

Villes dominantes, « villes mère » ou capitales de province, ayant un rayonnement touristique, culturel et une réputation mondiale affirmés, elles étaient la plupart du temps des métropoles, le lieu par excellence de la concentration des hommes, des richesses, des pouvoirs en des temporalités différentes.

Leur renommée était le fruit d'« invasions barbares » et de migrations successives de populations, avancées par vagues ou transferts d'élites.

Leur territoire était envahi à plusieurs reprises.

Toutes les fois qu'elles possédaient une civilisation supérieure, elles acculturaient les nouveaux arrivants, moins nombreux que ses habitants.

Dans d'autres parties, le contraire s'était produit, les autochtones avaient perdu progressivement leurs caractères distinctifs pour adopter les traditions des peuples migrants.

Au final, les grandes villes de l'Est s'étaient enrichies de cultures et de traditions appartenant à leurs occupants successifs, dont elles savaient intégrer le meilleur en conservant leur identité.

Cet empilement de connaissances leur permettait de résister au choc des cultures, elles étaient devenues des villes cosmopolites.

Moscou, le 16 octobre

Au cours de la réunion, Montfroy expliquait que Rosbank allait être recapitalisée.

La crise avec l'Ukraine et les sanctions ralentissaient l'activité des banques. Les oligarques étaient priés de verser leur contribution à l'Etat russe.

Bien que la majorité de la population faisait toujours confiance au régime, l'économie du pays restait fragile.

La campagne d'Ukraine coûtait cher et l'assassinat de Nemtsov n'arrangeait rien.

Georges exposait à ses interlocuteurs, les avantages et les inconvénients d'une technologie 3D dans la transmission des données.

Le programme qu'il développait pour Rosbank était convivial, les gens de la banque l'adoptaient très vite. La période de formation serait plus courte.

Arpagie le rejoignait à Moscou pour le week-end. Georges s'était réjoui.

Ils visitaient le Kremlin, la place rouge, le musée Tretiakov, faisaient quelque courses au Goum, assistaient à la représentation de « Gisèle » au Bolchoï, dinaient chez Turandot.

Arpagie adorait, il faisait beau, le temps était clément.

Dimanche, Montfroy les invitait à déjeuner au Café Pouchkine avec sa femme.

Fondé par un riche noble de Saint-Pétersbourg, transféré à Moscou à la fin du XVIIIe siècle, c'était un café-restaurant très prisé par la bourgeoisie moscovite. Ses salles intérieures étaient dessinées comme de véritables bijoux, entièrement faites de bois et soignées jusque dans le moindre détail.

Georges et Arpagie faisaient preuve d'une grande perspicacité et de beaucoup de diplomatie pour garder leur sang-froid devant tant de suffisance et un tel manque de délicatesse de la part d'un couple français vivant à l'étranger.

Rien n'avait de grâce aux yeux de Montfroy et de sa femme, tout était sujet à sarcasme et critique comme souvent de la part des français chez les autres.

Finalement Georges et Arpagie se levaient de table arguant des embouteillages fréquents à Moscou pour filer à l'aéroport.

Strasbourg, le 18 octobre

A leur retour de Moscou, Aurora réservait une véritable fête à ses parents, cris de joie, gazouillis, babillements, éclats de rires, baisers tendres, ce fut un enchantement. Dora prenait quelques jours de vacances.

Strasbourg arborait son grand manteau roux, c'était l'automne. Le soleil brillait encore haut et fort sur la vieille ville. Les eaux de l'Ill avaient perdu leur éclat, le feuillage des arbres jaunissait.

Arpagie prenait sa semaine pour s'occuper d'Aurora pendant l'absence de Dora.

La procédure lancée par la DGSE était classée sans suite. En guise de sanction prise par l'administration russe, l'agent Dmitrienko était rétrogradé à l'échelon trois. L'interdiction de territoire était maintenue.

Service peu connu du grand public, la Direction générale des renseignements (GRU) de l'État-Major des forces armées de la Fédération de Russie n'en avait pas moins une réputation incontestable d'efficacité.

Comparés aux officiers du FSB, les officiers du GRU étaient plus directs, moins politisés, plus brutaux.

La chute de l'URSS avait certes fait perdre au GRU ses moyens de financement, mais ne le touchait guère au niveau structurel, contrairement au FSB rival qui avait alors dû ralentir ses activités à l'étranger.

En rétrogradant à l'échelon trois l'agent Natacha Dmitrienko, les services du GRU signifiaient clairement à leur rival du FSB qu'ils n'accordaient aucune crédibilité aux informations transmises. Pour eux, un militaire restait un militaire.

Soldat au combat, sa mission était de réussir, peu importait les moyens employés, seul le résultat comptait.

Les généraux du GRU considéraient que Natacha n'avait pas démérité, son erreur restait d'ordre purement diplomatique.

Strasbourg était une plaque tournante pour les services russes.

Métropole de l'Est, capitale de l'Europe, elle était un véritable vivier de nouvelles technologies.

Elle représentait un verrou culturel géostratégique, un pont reliant Est et Ouest.

C'était une ville cosmopolite, les étrangers s'y rendaient régulièrement pour toutes sortes de raisons. Il était aisé pour un « honorable correspondant » d'y accéder librement et d'y faire son marché sans éveiller les soupçons.

Georges et Arpagie couchaient Aurora, elle s'endormait en écoutant l'histoire de la petite grenouille rouge.

Allongés sur le sofa du salon, le feu crépitait dans la cheminée, ils se servaient une coupe de Dom Ruinart. Les voix d'Orphée et Eurydice berçaient leur fragile abandon.

Arpagie arborait une combinaison résille sous un déshabillé de soie noir et dentelle transparent qui dévoilait des seins plantureux et de somptueuses fesses callipyge. Ses longs cheveux blonds ondulaient légèrement sur ses épaules nues.

Elle esquissait une moue espiègle qui laissait deviner ses intentions. Elle avait un besoin naturel irrépressible de manifester son tempérament, cette façon indéfinissable de mettre Georges à l'épreuve de ses charmes.

Ce à quoi il répondait toujours avec véhémence et fougue.

Paris, le 3 novembre

Le Commandant Rakovicz convoquait Montfroy au siège de la DGSE, il savait par expérience que les services russes avaient pour principe de ne jamais lâcher une affaire.

Quand un de leurs agent était grillé sur un dossier, ils avaient l'habitude de le remplacer par une taupe, un agent dormant, qu'ils réveillaient pour l'occasion.

En dépit de ses apparences trompeuses, Montfroy avait des antécédents. Membre de la Fédération des Etudiants

Révolutionnaires, organisation soixante-huitarde de l'ultra gauche, dissoute depuis, il avait été arrêté cocktail Molotov à la main, en train d'incendier une usine de la région rouennaise. Il ne devait son salut qu'à une intervention de la mairie communiste du Havre.

En échange de sa libération, il était convenu qu'il restait à la disposition du Parti Communiste Français auquel il était susceptible de rendre quelques services.

Depuis lors, le jeune Montfroy s'était rangé, marié, faisait de brillantes études et une belle carrière dans la banque.

Rakovicz, en charge du dossier Rosbank, avait tout lieu de croire que Montfroy était un agent dormant de Natacha Dmitienko.

Jeune étudiant à Mitrovica, Rakovicz avait fait partie des « Equipes de paix dans les Balkans » chargées d'œuvrer pour le rapprochement des communautés après les évènements du Kosovo. Il avait été confronté aux luttes interethniques et aux méthodes serbes, calquées sur celles du KGB, pour infiltrer les populations rebelles.

Les populations slaves résistaient en général à toute espèce d'assimilation.

Sa conviction était qu'une minorité plongée au sein d'une population en majorité hostile, désireuse de s'intégrer, finissait toujours par rendre service aux autorités en place en échange de protections et de facilités.

Montfroy était placé sous l'autorité de Natacha Dmitrienko à la Rosbank, il travaillait bien pour les services russes. Rakovicz informait Georges de sa démarche. Georges lui demandait de ne pas mentionner son nom.

Le secret des moyens employés et des objectifs poursuivis par la DGSE garantissait la sécurité de ses agents. Elle disposait d'un service spécial, qui permettait le maintien d'une présence, là où les canaux diplomatiques ne pouvaient plus être utilisés, et d'un service intégré qui, à la différence de la plupart des services de renseignement occidentaux, maîtrisait la totalité des modes de recueil de renseignement : sources humaines, capteurs techniques (interceptions électromagnétiques et imagerie satellitaire), moyens opérationnels et exploitation de sources ouvertes.

La DGSE obtenait également des renseignements par le biais de coopérations avec d'autres services, français et étrangers. Sa capacité d'entrave et d'action clandestine était reconnue par ses pairs.

Strasbourg, le 10 décembre

Les fêtes de Noël approchaient, Aurora commençait à marcher. Dora l'emmenait chaque jour se promener au parc de la Montagne Verte situé à proximité.

Georges retournait à Moscou pour une nouvelle réunion de formation.

Les équipes de Rosbank avaient maintenant une bonne connaissance du programme « Rosnet ».

Montfroy ne faisait aucune allusion au départ précipité de Georges et d'Arpagie du Café Pouchkine, aucun commentaire non plus sur sa convocation à la DGSE.

Son audition était fructueuse, il finissait par reconnaître qu'effectivement il travaillait pour Natacha Dmitrienko. A défaut de coopération, la banque serait mal notée, aurait difficilement accès au marché russe, ses dirigeants seraient mal vus par les autorités et lui-même, Montfroy, verrait sa carrière brutalement interrompue.

Aujourd'hui encore elle était son référent. Une fois rétrogradée, son réseau d'influence et son pouvoir étaient intacts.

Georges était envahi par une frayeur épidermique, incontrôlée, à l'idée de se croire à nouveau manipulé par Natacha Dmitrienko, comme si elle maintenait son emprise.

Il se rendait compte que sa sphère d'intimité, son domaine de prédilection, ne cessait d'être observé. Natacha avait pour ainsi dire une présence magnétique, quasi mystique, qui s'exerçait sur les autres au travers des gens qu'elle contrôlait.

Georges s'expliquait mal pour quelle raison les services russes continuaient de s'intéresser autant à ce dossier alors que, depuis l'intrusion de Natacha au labo de Strasbourg et sa mise sur la touche, les autorités françaises étaient placées en état d'alerte maximum.

La société Info3D faisait l'objet d'une vigilance accrue, toutes ses lignes téléphoniques étaient sur écoute.

Georges se demandait s'il y avait des informations susceptibles d'intéresser Montfroy dont il ne disposait déjà dans le cadre de la mise en place de Rosnet.

Après enquête interne, il apparaissait que le programme Rosnet n'avait aucun point commun, que ce soit en terme de développement ou de contenu, avec les programmes classés Secret Défense du labo Info3D, mais l'algorithme utilisé était le même.

Cette nouvelle situation conduisait les dirigeants d'Info3D et le Ministère de la Défense Nationale à revoir les clauses et conditions du contrat conclu avec Rosbank.

Une Commission interministérielle était chargée d'établir un protocole d'accord de confidentialité par lequel Rosbank reconnaissait contractuellement le caractère confidentiel des données du programme Rosnet et s'engageait à ne les utiliser que dans le cadre des activités de la banque.

En annexe, figurait la liste nominative des utilisateurs autorisés.

Le protocole devait être signé par le Président de Rosbank, le Secrétaire Général de la Défense Nationale du Ministère français, le Ministère des Affaires étrangères français et le Ministère russe de la Défense.

Moscou, le 24 décembre

La grande capitale s'illuminait des lumières de Noël.

Le Goum avait revêtu son manteau de guirlandes multicolores, d'immenses sapins auréolés d'étoiles scintillaient le long de la Place rouge reconvertie en gigantesque patinoire.

Natacha marchait d'un pas déterminé vers le Ministère russe de la Défense, elle avait obtenu un rendez-vous avec Alexeï Goubalev, Délégué Général de l'Armement chargé des commandes.

Goubalev faisait la pluie et le beau temps au ministère, il avait la confiance du Kremlin. C'était lui qui signait le protocole d'accord de confidentialité Rosbank.

Depuis sa mise à l'écart, Natacha ne cessait d'œuvrer pour un retour en grâce.

Devenue agent de troisième échelon, elle n'en conservait pas moins ses relais dans la plupart des ministères clé.

Alexeï Goubalev était un ami proche de son ex-mari, elle restait en bons termes avec lui.

Son intention était de lui demander une réintégration dans tous ses droits, pour services rendus à la Patrie.

Il est vrai que, depuis sa mise à l'écart, le dossier Info3D n'avançait pas d'un pouce, Montfroy n'obtenait aucune nouvelle information.

L'analyse des logiciels Rosnet permettait de décrypter l'algorithme utilisé, identique à celui des programmes classés Secret Défense.

A partir de là, les ingénieurs informaticiens du GRU pouvaient accéder à des données techniques confidentielles servant à l'élaboration des logiciels CAHO (Conception Assistée d'Hologrammes par Ordinateur).

Natacha laissait entendre à Goubalev qu'elle détenait des documents classés SD de la plus haute importance, qu'à toutes fins utiles, elle en avait fait copie lors de son intrusion à Strasbourg chez Info3D.

Elle était prête à les lui remettre en échange de sa réintégration au sein du GRU avec le même grade et les mêmes prérogatives que ceux dont elle bénéficiait auparavant.

Goubalev n'y vit que des avantages, il acceptait dans l'intérêt du service.

Natacha portait ce jour-là une mini-jupe de cuir noir JC Jitrois ultra moulante et un tee-shirt Gucci à tête de tigre hyper ajusté qui bombait sa poitrine explosive. Elle était jambes nues qu'elle décroisait à plusieurs reprises.

Goubalev la dévorait littéralement des yeux, lui proposant une réintégration et un avancement prématuré en échange de faveurs.

Elle résistait à ses avances et acceptait sa proposition.

Paris, le 8 janvier

Rakovicz était informé par ses honorables correspondants que l'agent Natacha Dmitrienko recouvrait l'intégralité de ses droits et de ses attributions au sein du GRU avec le grade de Colonel.

Il était abasourdi, il se demandait comment elle avait réussi ce tour de passe-passe.

Georges suggérait qu'elle avait probablement obtenu ce qu'elle voulait grâce à une monnaie d'échange, c'était facile à deviner.

Il était immédiatement retourné au labo pour s'enquérir de savoir si, à la suite de l'intrusion de Natacha, des documents SD concernant la CAHO avaient disparu ou avaient été manipulés.

Paul de Samucievicz, Directeur Technique d'Info3D, interrogeait ses équipes.

92

Après vérification, il apparaissait que tout le dossier CAHO avait été consulté, certains documents déplacés ou mal rangés.

Georges en informait Rakovicz. Il était clair maintenant que Natacha avait négocié sa réintégration et son retour en grâce à ses conditions, en échange d'une copie desdits documents.

Strasbourg, le 10 janvier

Comme chaque année, Georges et Arpagie passaient les fêtes de fin d'année en famille.

Fin cordon bleu, Arpagie préparait, pour le réveillon de Noël, son traditionnel chapon fourré aux truffes agrémenté d'une purée de morilles, sauce gribiche.

La bûche venait de chez Lenôtre, les sorbets de chez Franchi.

Georges choisissait un Château Latour millésime 2010.

Le soir du nouvel an, ils emmenaient les parents d'Arpagie à l'Opéra national du Rhin assister à La Traviata.

Aurora venait d'avoir un an. Sa beauté et sa grâce n'avaient d'égal que sa détermination à marcher et parler.

Arpagie s'inscrivait à l'Ecole des Langues et Cultures de Strasbourg pour apprendre le russe. Deux fois par semaine, elle y suivait des cours intensifs de trois heures non-stop.

Elle estimait à juste titre qu'en sa qualité de Directrice de la Communication, elle ne pouvait ignorer la langue de son plus gros client.

Elle était aussi motivée par l'idée qu'en apprenant le russe, Georges serait admiratif et oublierait sa passade moscovite. Elle avait à cœur d'effacer l'image de Natacha.

Comme la plupart des hommes, Georges était sensible au fait qu'une femme puisse vouloir changer le cours des choses.

Arpagie était une battante, une résistante, elle considérait la vie comme un cadeau du ciel qu'on se devait de protéger. Ceux qui lâchaient prise ne vivaient pas.

Moscou, le 13 janvier

Le bureau de Natacha Dmitrienko était situé au douzième étage du Ministère russe de la Défense à Moscou, au même étage que celui du Général Zakachenko, patron du Service.

Il jouxtait celui d'Anatoli Krakovski, responsable des Hautes Technologies, avec qui elle entretenait d'excellentes relations.

La vue était imprenable. Les couchers de soleil sur la Moskova lui rappelaient son enfance à la datcha familiale, les longs week-ends d'été, les baignades dans la rivière, lorsque la vie coulait paisiblement, insouciante, à l'aube de ses quinze ans.

Son père avait été ministre de Kroutchev.

Jeune komsomol, il avait épousé une actrice de cinéma ouzbek dont il était tombé follement amoureux. Mariés, ils ne s'étaient plus quittés. Elle était leur fille unique.

Plus tard, son père s'était tué dans un accident de voiture, elle avait dû subvenir seule à ses besoins, il ne lui avait rien laissé, sa belle-mère s'était remariée.

Nommée officiellement au poste de Chargé des relations internationales, sa nouvelle situation permettait à Natacha d'être informée de tout ce qui se passait dans cette honorable maison.

Elle était tenue au courant de tous les déplacements à l'étranger, des missions en cours, des visites importantes.

Membre du comité central de direction, elle avait une véritable fonction de cerbère, rien ne lui échappait. Krakovski lui rendait compte quotidiennement de l'avancée des résultats dans chaque dossier. Elle était devenue indispensable. Elle était crainte.

Son grade de Colonel et sa fonction officielle l'autorisaient à rentrer au Cercle des Officiers où elle bénéficiait des avantages dus à son rang, notamment l'accès libre au restaurant du Cercle, à la salle de sports, à la piscine olympique, au sauna, au salon de coiffure, au cinéma du Cercle etc.

Une voiture de fonction classe S avec chauffeur était mise à sa disposition.

Elle croisait plusieurs fois Zakachenko.

Le Général connaissait son passé, sa réputation sulfureuse, sa relation avec Goubalev, il n'était pas non plus insensible à ses charmes.

Natacha était souvent habillée en Chanel, sa silhouette et sa démarche tranchaient de façon irréelle avec les allures spartiates de ce Cercle masculin très fermé.

En fin de journée, elle prenait l'habitude de nager une heure à la piscine du Cercle avant de rentrer chez elle pour s'occuper de sa fille.

Tatiana avait maintenant treize ans, des cheveux blonds comme les blés. Longue, mince, les yeux émeraude de sa mère, elle était inscrite en classe de cinquième au Lycée français Alexandre Dumas de Moscou.

Passionnée d'histoire et de littérature française, elle parlait couramment français.

Elle rêvait de faire des études en France à Strasbourg dont l'Université avait une très bonne réputation.

Natacha partageait avec sa fille un goût prononcé pour la culture française, elles avaient une vraie complicité. Elles décidaient de visiter Strasbourg lors d'un prochain voyage en France.

Natacha était toujours en charge du dossier Rosbank, son aventure avec Georges était douloureuse, mais elle n'imaginait pas de vivre sans lui.

Comme convenu, elle transmettait à Krakovski les documents SD qu'elle détenait.

Après analyse, les services de décryptage n'avaient pas réussi à identifier la clé de déchiffrement du programme original CAHO.

Le Général Zakachenko était furieux, il convoquait Natacha et lui enjoignait d'obtenir par tous moyens les résultats attendus dans cette affaire.

Strasbourg, le 30 janvier

La vieille ville traversait l'hiver majestueusement. Les maisons à colombage de la Petite France étaient encore couvertes de neige. Les eaux glacées de l'Ill glissaient lentement entre les quais givrés.

Arpagie commençait à parler russe.

Georges lui annonçait qu'il devait se rendre à Moscou prochainement.

Le Commandant Rakovicz lui conseillait vivement de se faire accompagner ou d'envoyer quelqu'un d'autre à sa place.

Pourquoi tant de précaution alors que le projet Rosnet était quasiment installé ?

Il ne s'agissait que d'une simple réunion de routine qui avait pour objet de préciser certains points et répondre à différentes questions d'ordre pratique.

Une chose intriguait Georges lorsque Montfroy insistait sur la nécessité de connaître la formule de cryptage du logiciel Rosnet.

Il expliquait que cela faisait partie intégrante de son contrat avec Info3D, qu'il l'avait achetée. Samucievicz répliquait que ce n'était pas l'usage dans la vente de logiciels.

Rakovicz y vit l'occasion de fournir à Rosbank, et indirectement aux services russes, une clé de chiffrement inopérante, en lui inoculant un virus malveillant.

Georges trouvait l'idée séduisante mais techniquement irréalisable, elle était vite abandonnée.

Finalement, il était décidé d'accéder à la demande de Montfroy.

Il lui serait fourni une clé asymétrique, incluant une clé de déchiffrement tenue secrète.

Moscou, le 16 février

A son arrivée à l'aéroport de Sheremetyevo, Georges prenait un taxi.

La course était plus longue que d'habitude à cause du mauvais temps et des embouteillages.

L'hôtesse d'accueil le conduisait directement chez Montfroy, il n'était pas encore sorti de réunion. Elle le faisait entrer dans son bureau, lui proposait un café.

Montfroy s'était excusé de son retard, Natacha le rejoignait peu de temps après.

Georges était surpris, ostensiblement gêné.

Natacha avait un regard étrange, ses yeux émeraude le dévisageaient avec insistance.

Elle lui en voulait, il l'avait profondément blessée.

Les méthodes des services russes consistaient souvent à recruter et utiliser la beauté physique de ses agents féminins pour obtenir des renseignements.

Sa robe fourreau de stretch blanc Hervé Léger ouverte au niveau des seins, était volontairement provocante et contrastait furieusement avec le côté « vieille France » de Montfroy.

Natacha portait des lunettes Prada noires posées sur son chignon, elle parlait d'une voix grave avec un ton sévère, savamment entretenu.

Elle était une femme d'une grande sensualité, à l'aune d'une sexualité que Georges savait débridée.

L'espace d'un instant, son corps sculptural et sa plastique de rêve, lui tournaient littéralement la tête, laissant deviner ce qu'était l'infinie douceur d'une caresse.

Georges se laissait bercer par cette vision idyllique. En son for intérieur, un désir fulgurant.

Montfroy ignorait tout. La réunion était de courte durée.

Natacha confirmait qu'elle était toujours en charge du projet Rosnet.

L'ensemble des personnels concernés maîtrisait correctement le programme mais, selon elle, une période de formation complémentaire s'avérait encore nécessaire.

Elle insistait pour que lui soit communiquée la formule de cryptage des logiciels.

Georges lui expliquait que ce n'était pas l'usage dans les contrats de fourniture de logiciels mais qu'à titre exceptionnel et commercial, la Direction Générale d'Info3D avait décidé d'accéder à sa demande sous réserve que la clé de chiffrement, qui leur serait transmise, reste confidentielle et à usage purement interne.

Dans tous les cas, il s'agissait d'un cryptage asymétrique. Grâce à la clé de déchiffrement tenue secrète, le dossier CAHO restait protégé.

Natacha était distante. La réunion terminée, Georges lui proposait de prendre un verre au bar du Four Seasons, elle refusait sèchement.

Strasbourg, le 28 mars

Arpagie se débrouillait à merveille, avec six heures de russe hebdomadaires elle progressait à grands pas. Elle était la meilleure élève de son groupe.

Bientôt elle avait de vraies discussions avec Sacha.

Elle partageait son temps entre sa fille, son bureau et ses cours de russe.

Georges lui faisait remarquer qu'il n'y avait plus de place pour lui dans son emploi du temps, il avait raison.

Arpagie avait besoin d'occuper ses journées pour ne plus penser à ce qui s'était passé, elle ignorait que Georges revoyait Natacha.

Sa carrière professionnelle était un modèle du genre, un exemple pour les autres.

Appréciée de tous, elle avait une bonne connaissance des dossiers.

La communication interne lui imposait d'agir en transversal, elle élargissait son domaine de compétence à l'ensemble des activités du Groupe.

Une femme de cette qualité intellectuelle, parlant russe, correspondait parfaitement au profil de l'agent recrutable par des services de renseignement. Elle pouvait être d'une grande utilité.

Elle intéressait les services de la DGSE.

Paris, le 5 avril

Rakovicz convoquait Arpagie à dix heures. Elle dormait la veille chez sa belle-sœur Sabine pour éviter d'avoir à se lever très tôt.

Le soir elles dinaient à la brasserie Mollard, se racontaient leur vie, c'était un bon moment. Sabine était une fille bien, elle aimait son frère.

Arpagie portait un tailleur Saint-Laurent que Georges lui avait offert pour la naissance d'Aurora, elle était élégante et incroyablement sexy.

En entrant dans le bureau de Rakovicz, elle remarquait son tatouage au bas du cou, une salamandre au milieu des flammes. Il avait un air voyou, un physique de racaille en quête de mauvais coups et d'embrouilles.

Dans La Comédie de la Mort, Théophile Gautier demandait la vie à l'amour qui la donne mais vainement, il faisait dire à son héros : « Je n'ai jamais aimé personne ayant au monde un nom. J'ai brûlé plus d'un coeur dont j'ai foulé la cendre, mais je restai toujours, comme la salamandre, froid au milieu du feu. »

Rakovicz expliquait à Arpagie qu'il avait momentanément besoin de ses services pour tenter d'identifier une taupe chez Info3D.

Des informations ultra confidentielles avaient fuité en direction de Moscou sans que la source ait pu être formellement identifiée.

Arpagie connaissait tout le monde chez Info3D, elle avait accès à tous les moyens d'information du Groupe.

Selon Rakovicz, elle devait pouvoir localiser sans difficulté l'origine des messages expédiés.

La Salamandre noire était une organisation paramilitaire kosovare chargée, pendant le conflit du Kosovo en 1999, de combattre la politique des chefs locaux de l'UCK, partisans du rattachement de la province à l'Albanie.

Ses membres n'étaient pas des supplétifs, ils défendaient l'esprit de la République du Kosovo de juillet 1990 et la ligne du Président Rugova.

La Salamandre noire était le bras armé de la Ligue Démocratique du Kosovo.

Rakovicz avait un passé lourd d'évènements tragiques.

Sa première femme était serbe, elle lui donnait deux enfants restés avec leur mère après la guerre. Son second mariage avait été dramatique, sa femme d'origine monténégrine avait été assassinée sous ses yeux par des miliciens d'UCK lors d'une opération de nettoyage ethnique.

Lorsqu'il arrivait en France, sa demande d'asile était une première fois refusée puis, sur intervention de la présidence kosovare, finalement acceptée.

Il rejoignait Paris où il postulait dans la police nationale.

Son sérieux, sa compétence faisaient le reste, il gravissait les échelons, s'inscrivait en Droit aux cours du soir à Nanterre.

Reçu au concours des commissaires, il venait d'être nommé commissaire-adjoint dans le 5ème arrondissement lorsque la DGSE l'avait recruté.

Rakovicz n'était pas insensible aux charmes d'Arpagie, il insistait sur le caractère confidentiel de la mission qui lui était confiée, elle ne devait en parler à personne, pas même à son mari, pour ne pas éveiller les soupçons.

Arpagie se sentait soudainement investie, à nouveau désirée.

A l'écoute du récit de Rakovicz, son taux d'oestrogènes grimpait. Le gars avait un côté baroudeur tatoué qui suggérait un scénario érotique, presque obscène.

Mal rasé, les yeux cernés de fatigue, Rakovicz avait soudain violemment envie de cette femme soignée, propre sur elle, qui l'écoutait sagement. Il était pris d'une concupiscence rageuse, c'était sa manière de vouloir salir la bourgeoise, l'imaginer couinante et orgasmante.

Au cours de la conversation, la veste d'Arpagie s'échancrait un peu plus, découvrant deux seins plantureux gorgés de désir.

Son La Perla visiblement trop serré faisait déborder son imposante poitrine.

Arpagie ne se tenait plus, elle décroisait plusieurs fois les jambes comme un signal de récompense. Rakovicz contenait mal son excitation, il était agité, fébrile, le visage chaud, rougi par la chaleur du désir, Arpagie s'en rendait compte.

Elle était flattée, le regard fixe, elle avait une furieuse envie de jouir.

Au moment de la raccompagner, alors qu'ils sortaient du bureau, elle perdait l'équilibre et se raccrochait à son bras. Rakovicz tenait Arpagie par la taille, il serrait machinalement son torse soudainement redressé contre lui, c'était l'heure du déjeuner, les bureaux étaient vides.

Enlaçant Arpagie, ses seins durs pressés contre sa vareuse, ils reculaient dans le bureau de Rakovicz. La porte refermée, il lui retirait sa veste nerveusement, libérant sa gorge resplendissante. Il arrachait presque son string.

Arpagie zippait la braguette de son jean, glissait sans frémir une main furtive décidée, caressait puis saisissait fermement

101

l'obscur objet de son fantasme, faisant bramer Rakovicz comme un cerf en chaleur.

Arcbouté, raide, lui la collait au mur, la prenait sèchement, sans demander son reste.

Proche de l'orgasme, Arpagie, le regard vide, jouissait plusieurs fois sans entrave avant une ultime fellation qu'elle ingérait goulument.

En se livrant à un homme qu'elle connaissait à peine, elle assouvissait une pulsion animale, un besoin d'étreinte sauvage. C'était brutal, avec un inconnu, dans un lieu étranger, elle prenait du plaisir sans honte, sans limite. Le sexe donnait un sentiment d'abandon libératoire.

Ça ne changeait rien, elle aimait Georges mais depuis son aventure à Moscou, elle ressentait l'existence de Natacha comme une épée de Damoclès.

Strasbourg, le 10 avril

Georges ne parlait plus de cette journée à Paris, il avait du mal à comprendre l'objet de la convocation.

Arpagie expliquait qu'il s'agissait d'un interrogatoire de routine dans le cadre de l'enquête en cours. Après avoir découvert l'existence d'une taupe chez Info3D, la DGSE commençait à suspecter Georges.

Selon Rakovicz, Natacha l'avait retourné, il travaillait maintenant pour elle.

De retour au bureau, Arpagie s'enquérait de vérifier les appels et les mails de tous les collaborateurs du Groupe.

Elle se rendait vite compte que le seul à avoir communiqué avec Moscou était Sacha le vigile, ex-SDF, que Georges avait embauché. Elle n'en parlait à personne.

Sacha était convoqué par la DGSE dans la semaine qui suivait.

Arpagie avait mauvaise conscience, elle se sentait prise dans un étau jouant le sale rôle du mouchard. Sacha était un brave homme, elle n'avait rien contre lui.

Paris, le 15 avril

Placée sous l'autorité du ministre français de la Défense, la devise de la DGSE était « Partout où nécessité fait loi », exprimant l'impératif de la raison d'État ou, selon d'autres sources, « Ad augusta per angusta » (A des résultats grandioses par des voies étroites).

Le Service avait pour mission, au profit du gouvernement et en collaboration étroite avec les autres organismes concernés, de rechercher et d'exploiter les renseignements intéressant la sécurité du pays ainsi que de détecter et d'entraver, hors du territoire national, les activités d'espionnage dirigées contre les intérêts français afin d'en prévenir les conséquences.

Rakovicz restait imprégné de son corps brûlant. Arpagie, ses seins ronds et fermes qu'il pressait dans ses mains comme de jeunes fruits, son visage, la caresse de sa peau, son parfum, le marquaient d'une douce empreinte.

Sacha entrait dans le bureau, il était nerveux. Rakovicz l'interrogeait sur ses contacts à Moscou. De sa période comme chauffeur d'Eltsine, il ne conservait aucune relation. Il n'avait tissé de vrais liens d'amitié qu'avec ses frères d'armes de la "Morskaya Piekhota", le corps d'élite de l'infanterie de marine russe, il n'avait pas eu de contacts récents.

Après plusieurs heures d'interrogatoire, Rakovicz acquérait la certitude que Sacha était un agent dormant de Natacha Dmitrienko.

A l'époque chauffeur d'Eltsine, il l'avait conduite à de nombreuses reprises à la datcha d'été du Président russe.

Lorsque Rakovicz lui montra copie des messages qu'il avait adressés à Constantin Novikov, secrétaire particulier de Natacha Dmitrienko, Sacha blêmissait, il finissait par reconnaître qu'il travaillait pour elle.

Elle avait un dossier sur lui. Lors de la campagne de Géorgie, il avait participé à un massacre de civils. L'affaire était étouffée, grâce à l'intervention de Natacha, son nom n'était pas cité, il n'était pas inquiété.

Rakovicz lui proposait un marché, il continuait de travailler pour Natacha mais devait lui rendre compte et informer la DGSE de toutes les décisions qu'elle prenait.

En échange, il recevait la nationalité française et une pension d'ancien combattant du « Normandie-Niemen », Sacha acceptait, il n'avait pas le choix.

Bien sûr, cet accord restait confidentiel, en cas de révélation, la DGSE nierait toute implication.

Il reprenait le train du soir pour Strasbourg, inquiet à l'idée de devoir jouer double jeu.

Moscou, le 3 mai

Le temps s'accélérait, Arpagie se rendait plusieurs fois à Paris prétextant des rendez-vous avec des clients, notamment le Ministère de la Défense intéressé par les nouveaux produits Info3D.

Georges n'en avait cure, il lui semblait que le sol se dérobait sous ses pieds, le temps lui échappait. Sacha était devenu distant, ses rapports avec Georges se dégradaient à la suite de son interrogatoire au siège de la DGSE.

A son retour de Paris, Georges lui demandait un compte rendu de ses entretiens, Sacha restait muet.

Georges se rendait à Moscou pour une énième réunion de formation Rosnet.

A son arrivée à Sheremetyevo, Youri, le nouveau chauffeur de Rosbank, l'attendait pour le conduire au siège de la banque.

Montfroy le recevait dans son bureau, Natacha les rejoignait.

104

L'atmosphère était détendue, ils buvaient plusieurs verres au succès de leur coopération et à l'avenir commun, avant de commencer la réunion.

Natacha était en grande forme, elle affichait une sérénité profonde.

L'agence de Bakou était intéressée par le programme Rosnet et souhaitait rencontrer Georges.

Natacha l'accompagnerait.

Sa robe fauve Alaïa était comme une seconde peau, dos nu, ajourée sur des seins magnifiques, sur laquelle chatoyait l'émeraude de ses grands yeux verts. Natacha avait cette beauté insolente et sauvage qui permettait des outrances vestimentaires provocatrices sans être vulgaire.

En fin d'après-midi, Georges l'emmenait boire un verre au Café Vogue.

Elle acceptait son invitation à diner chez Turandot. Il prenait une chambre au Four Seasons, il ne rentrait que le lendemain.

La soirée était délicieuse, Youri les déposait au bar du Four Seasons face à la Place Rouge. Natacha n'était plus distante, elle acceptait de prendre un dernier verre, la soirée se prolongeait.

Elle renvoyait Youri, ils passaient passé la nuit ensemble.

Strasbourg, le 11 mai

Après quelques temps, la vie reprenait son cours et ses droits.

Arpagie ne donnait aucune explication à Georges, il comprenait.

Son aventure moscovite était impardonnable, elle n'avait plus le courage de le supporter, peu à peu elle se détachait.

Sa liaison avec Rakovicz devenait officielle, elle se rendait à Paris régulièrement.

La petite Aurora semblait ne pas être affectée par cette situation, ses parents l'entouraient constamment.

Georges multipliait ses déplacements à Moscou, il habitait chez Natacha.

Tatiana allait bientôt avoir quatorze ans, elle acceptait sa présence. Elle pensait que sa mère était seule depuis trop longtemps, elle en voulait à son père.

Natacha tombait rapidement enceinte, elle attendait un garçon. Ils décidaient de l'appeler Elios. Georges était fou de joie à l'idée d'avoir un fils, Tatiana se réjouissait d'avoir un petit frère.

Arpagie félicitait Georges. De son côté, elle vivait une histoire d'amour avec Rakovicz.

Aurora avait presque deux ans, ses parents lui expliquaient qu'ils n'habitaient plus ensemble mais qu'ils étaient toujours amis. Georges et Arpagie s'étaient mis d'accord, ils restaient à tour de rôle avec leur fille lorsque l'autre était absent de manière à ce qu'Aurora ne se sente jamais seule ou abandonnée. Ça ne devait rien changer pour elle, ses parents l'aimaient, ils avaient des vies différentes.

Sacha avait été officier de liaison à la Morskaya Piekhota, chargé des transmissions, il avait reçu une formation spéciale. Avant son recrutement, Natacha, au cours de ses nombreux déplacements, s'arrangeait pour le faire parler, connaître sa spécialité.

Elle lui laissait entendre qu'en travaillant pour elle, il pourrait bénéficier d'avantages, toucher des primes, monter en grade.

Rakovicz était informé de la demande de Natacha, il donnait instruction à Sacha de lui transmettre une clé de déchiffrement obsolète.

A réception, Natacha savait que les services français avaient retourné Sacha. Elle lui avait alors enjoint de communiquer désormais par le darknet, son nom de code était Black Storm.

Il réussissait à se connecter dans un netcafé sous un nom d'emprunt, il expliquait à Natacha qu'il devait travailler pour la DGSE s'il voulait garder son titre de séjour.

106

Natacha insistait, il devait impérativement lui transmettre la clé de décryptage du programme CAHO. Georges ignorait encore que Natacha avait recruté Sacha et qu'Arpagie l'avait dénoncé.

Paris, le 15 mai

L'afflux de migrants devenait un vrai problème pour les autorités, la cohésion sociale du pays risquait de voler en éclats. Chaque jour amenait son lot d'exilés, expatriés d'infortune fuyant la misère. L'accueil était plus que méfiant, parfois au-delà du tolérable.

Face à l'arrivée de ces immigrants, les gouvernements en place étaient débordés, dans l'incapacité de réagir, de trouver des solutions, prendre des mesures concrètes.

Aucun plan d'envergure n'était décidé à l'échelle européenne. Les italiens et les grecs affrontaient seuls les premières vagues de migrants.

En guise de réponse les dirigeants européens réactivaient simplement Frontex dont les moyens s'avéraient largement insuffisants.

Il fallait se rendre à l'évidence, le grand remplacement longtemps annoncé avait commencé.

Les capitales européennes s'étaient mobilisées, le HCR mettait en place des antennes d'urgence dans chaque grande ville. La Commission européenne saisissait le Conseil de sécurité de l'ONU.

Paris, comme la plupart des autres capitales, était devenue une plaque tournante, foyer d'accueil pour les migrants d'Afrique et d'Orient, centre d'hébergement ou de rétention pour les demandeurs d'asile. Plusieurs bâtiments publics désaffectés étaient occupés à cet effet.

Par la force des choses, la nouvelle configuration des grandes capitales européennes était aussi la conséquence d'une lente et inexorable émigration de familles entières fuyant le Vieux Continent vers les pays d'Europe médiane choisis pour

107

leur proximité géographique, une culture commune, un attachement aux mêmes valeurs, au respect de la personne humaine.

Sonja Arcadian devenait l'une des grandes passeuses de l'Est.

D'origine arménienne, elle faisait des études d'Histoire des civilisations à La Sorbonne.

Lorsque commencèrent les grandes transhumances de populations, elle créait "La Porte du Levant", une agence de voyages destinée à aider les familles qui le souhaitaient à émigrer vers l'autre Europe, l'Europe du Milieu.

Ses connexions, son sens des relations humaines, lui permettaient, d'obtenir des rendez-vous avec les maires des grandes villes de l'Est pour mettre en place un véritable réseau d'accueil dans plusieurs pays du Centre Europe notamment la Pologne, la Hongrie, la Croatie et la Slovénie.

Ironie de l'Histoire, la Russie décidait à son tour de créer des bureaux d'accueil destinés aux émigrants d'Ouest Europe.

L'agence les prenait en charge jusqu'à destination finale incluant leur installation dans une famille d'accueil, l'inscription des hommes au bureau des emplois, des femmes dans des associations de quartiers, des enfants à l'école.

Les familles d'émigrants suivaient parallèlement des cours accélérés pour apprendre la langue du pays d'accueil.

Bientôt le flux des étrangers venant d'Afrique et d'Orient s'accompagnait d'un reflux de même intensité des résidents du Vieux Continent vers l'Europe du Milieu, c'était comme un ressac à la suite d'une immense vague.

Longtemps, pendant toute la période de la guerre froide, lorsqu'existaient encore le mur de Berlin et le bloc soviétique, les habitants d'Europe centrale voulaient passer à l'Ouest. Certains y parvenaient, beaucoup étaient tués.

Maintenant le mur était tombé, les pays de l'Est étaient à nouveau libres, la plupart avaient adhéré au Conseil de l'Europe.

Juste retour des choses, devant la tournure des événements, les futurs émigrants, fuyaient le Vieux Continent « occupé », disaient-ils, et choisissaient de s'expatrier en Centre Europe, considérée aujourd'hui comme un nouvel Eldorado, une terre de liberté, un « bon territoire ».

Les pays de la Mitteleuropa représentaient l'Europe libre de l'après-mur, après l'effondrement du bloc communiste.

L'ironie de l'Histoire fonctionnait comme un mouvement de balancier, ce qu'on croyait révolu se reproduisait soudain à nouveau là où on ne l'attendait pas.

Strasbourg, le 4 juin

Loin de ces bouleversements migratoires, la grande ville de l'Est, capitale de l'Europe, ne subissait pas d'arrivée massive d'étrangers, sa population restait stable.

L'histoire de Strasbourg était elle-même le fruit de nombreuses migrations.

Georges venait d'arriver de Moscou, Arpagie était encore à Paris. Il croisait Sacha qui ne lui adressait pas la parole. Georges le sommait de s'expliquer.

Sacha paraissait embarrassé, il devait sa réhabilitation sociale à Georges mais ne lui avait jamais confié qu'il travaillait déjà pour Natacha.

Il avait encore de la famille à Moscou, il ne voulait prendre aucun risque.

Lors de son interrogatoire par la DGSE, il acceptait mal l'idée d'avoir été dénoncé.

Apprécié de tous dans l'entreprise, sa gentillesse et sa disponibilité légendaires lui avaient permis de s'intégrer, de se rendre indispensable.

Sans révéler son accord avec Natacha, il informait Georges de celui qu'il avait dû passer avec les services français pour ne pas être expulsé.

Georges se trouvait devant le fait accompli, il n'avait rien dit à Arpagie, c'est elle qui avait identifié Sacha à la demande de Rakovicz.

Pour protéger les siens, Sacha décidait de transmettre à Natacha les infos qu'elle lui demandait. Il avait le sentiment désagréable de trahir à nouveau Georges.

Georges rentrait plus tôt du bureau, il emmenait Aurora se promener le long du canal de L'Ill. La vieille ville s'habillait aux couleurs du printemps, les lauriers étaient en fleurs. Aurora prenait l'habitude de sa nouvelle vie.

Moscou, le 18 juin

Après sa réunion chez Rosbank, Georges rejoignait Natacha à Vogue Café pour un thé.

Elle était superbe, lunettes Dior posées sur un chignon, Louboutin vernis clair, elle portait une robe de dentelle blanche Dolce Gabana qui dessinait sur son corps sculptural un habit d'ange généreux et charnel.

Georges et elle ne parlaient jamais de leurs affaires respectives pour éviter toute source de conflit. Natacha n'évoquait plus jamais leur discussion concernant Rosnet, Georges évitait d'aborder le sujet de son travail au ministère de La Défense russe.

Après avoir rentré les données transmises par Sacha, Krakovski essayait de décoder l'algorithme du programme CAHO. Sans le savoir il activait un virus occulte qui effaçait toutes les données saisies et infectait la totalité du logiciel de décryptage du service, le rendant inutilisable.

Sacha ignorait que tous les programmes SD d'Info3D étaient protégés par un virus que seule la Direction technique savait désactiver, il fallait saisir un code numérique unique qui changeait chaque fois. Il n'avait rien à se reprocher.

Natacha était visiblement de mauvaise humeur, Krakovski l'appelait pour lui expliquer ce qui s'était passé. Georges ne posait aucune question.

Paris, le 26 juin

Rakovicz avait la ferme conviction que Georges n'était pas aussi clair qu'il y paraissait. Sa liaison avec Natacha laissait supposer qu'il pouvait lui avoir transmis des informations confidentielles.

Il était convoqué à la DGSE, Rakovicz l' interrogeait sur la nature de ses rapports avec Natacha Dmitrienko, elle était colonel au GRU, en charge notamment du dossier Rosnet.

Il lui révélait également que Sacha était une taupe, Georges n'en croyait pas un traître mot.

Arpagie était à Strasbourg pour quelques jours, Aurora lui manquait.

Georges devait ressentir de la colère, Rakovicz, était en partie responsable de cette situation. Lors de l'interrogatoire, il restait neutre, ne manifestait aucune émotion.

Georges ignorait précisément ce que faisait Natacha, ils avaient un accord de mutuelle confidentialité.

A Paris, les choses prenaient de l'ampleur, les migrants occupaient maintenant plusieurs écoles désaffectées, des hôtels inoccupés, des gymnases, des parkings.

Le Stade de France, réquisitionné par la mairie de Paris, devenait le plus grand centre d'accueil européen de migrants.

Hidalgo était débordée, la mairie de Paris n'avait aucun plan, aucune solution n'était envisagée. Les autorités faisaient face à la situation au jour le jour, avec les moyens du bord.

HCR et Croix Rouge installaient des centres de vaccination.

Le Secours Populaire et Médecins Sans Frontières leur prêtaient assistance.

L'Etat d'urgence était décrété, les préfets avaient des pouvoirs élargis.

Les candidats au départ vers l'Est se multipliaient.

Les clients de La Porte du Levant, l'agence de Sonja Arcadian, se rendaient aux check-points sans précipitation, sans état d'âme, ils étaient déterminés à émigrer.

Ils décidaient de vivre ailleurs pour continuer de vivre.

La plupart choisissaient les pays du cœur de l'Europe, notamment la Hongrie où les autorités prenaient la décision de construire un mur à la frontière avec la Serbie, la Croatie et la Roumanie.

La Pologne, la Tchéquie, la Slovaquie, la Slovénie et l'Autriche fermaient à leur tour leurs frontières aux migrants et devenaient terres d'accueil pour les expatriés du Vieux Continent.

L'Europe du Milieu se repliait sur elle-même, l'Espace Schengen n'existait pas.

C'était une belle idée d'accueillir les migrants fuyant la guerre, encore fallait-il que les pays d'accueil disposent des infrastructures nécessaires et des moyens de contrôler les demandeurs d'asile. Il était surtout primordial que leurs populations y consentent.

La plupart des Etats de l'Espace Schengen étaient débordés, les frontières fermées. Le résultat était à l'inverse des mesures humanitaires annoncées. Les réfugiés étaient traités comme du bétail, ils avaient faim, froid et ne savaient plus où trouver asile et protection.

Strasbourg, le 12 juillet

Sacha expliquait à Georges qu'il n'avait pas le choix, Natacha l'avait recruté en le menaçant de révéler aux autorités sa participation comme criminel de guerre à un massacre de civils pendant le conflit géorgien.

Dénoncé par Arpagie, il devait accepter la proposition de Rakovicz de travailler aussi pour la DGSE sous peine d'être expulsé. Sa carte de séjour venait à expiration, en cas de refus, elle ne serait pas renouvelée. Il devenait agent double malgré lui.

La chaleur était étouffante, l'été envahissait la ville de touristes.

Les gens se baignaient dans l'Ill, les terrasses des cafés étaient bondées sous les parasols.

Georges rentrait tôt chaque soir pour être auprès d'Aurora. Il l'emmenait se promener pendant que Dora préparait le dîner.

Elle racontait à son père qu'elle irait bientôt à Paris pour rencontrer le nouvel ami de maman, il était très gentil, elle l'aimait beaucoup. Georges à son tour lui promettait de l'emmener à Moscou faire connaissance avec Tatiana et sa maman.

Moscou, le 4 août

Georges et Natacha prenaient quelques jours de vacances à Sotchi, ville balnéaire au bord de la mer Noire, la Riviera russe. Ils étaient descendus à l'hôtel Rodina, Natacha connaissait le Directeur, elle y avait ses habitudes.

Son chauffeur Youri lui servait également de garde du corps, il déposait chaque jour Tatiana à la plage où elle retrouvait ses amis.

Natacha avait besoin de repos, elle préférait rester à la piscine de l'hôtel.

Georges courait une heure le matin avant de la rejoindre pour déjeuner au bar de la piscine. L'après-midi ils se promenaient dans Sotchi, faisaient des courses. Tatiana les retrouvait en fin de journée.

Il faisait beau toute la semaine, Natacha était radieuse, elle avait ce charme indéfinissable, cette grâce naturelle des femmes enceintes.

A leur retour de Sotchi, les choses bougeaient. Les flux de migrants grossissaient, ils devenaient incontrôlables. Les autorités étaient débordées, la Commission européenne ne donnait aucune directive laissant parler des voix discordantes. Chaque pays membre était livré à lui-même.

L'Allemagne décidait seule d'accueillir un million de réfugiés, ouvrant la voie à un afflux massif de migrants vers le Vieux Continent qu'il serait difficile d'endiguer, de contrôler ou de stopper.

Angela Merkel considérait que son pays avait besoin de main-d'œuvre et que l'afflux de populations étrangères inverserait la courbe déclinante de la natalité allemande.

Elle prenait un gros risque.

Moscou mettait en place des bureaux d'accueil pour tous les nouveaux arrivants du Vieux continent, la compagnie Aeroflot doublait le nombre de ses vols.

La plupart des expatriés avaient de la famille ou des amis dans la capitale moscovite.

Natacha était en charge du contrôle de leur identité.

Elle savait par expérience que des agents étrangers, profitaient toujours des situations de crise migratoire pour se glisser dans le flot des déplacés, commettre des attentats, désorganiser les administrations, paralyser les services publics, provoquer des scènes de pillage, propager des fausses nouvelles.

Les exilés du « Vieux Continent », étaient victimes d'un grand remplacement, une idée selon laquelle existait un processus de substitution de population qui allait remplacer le peuplement européen par une population non européenne.

Selon cette analyse, le changement de population s'accompagnait souvent d'un changement de culture. Il y avait déracinement, perte de repère, perte d'identité.

Les principaux arguments de cette hypothèse s'appuyaient sur des critères démographiques, médicaux, culturels, cultuels.

Avec la tournure que prenaient les évènements, il ne s'agissait plus d'un principe ou d'une théorie mais d'un phénomène naturel, la substitution d'un peuple ayant occupé le même territoire depuis quinze ou vingt siècles par un ou plusieurs autres peuples en l'espace d'une ou deux générations.

Sur cette base, il était difficile d'imaginer qu'il pouvait s'agir d'une thèse conspirationniste ou d'une théorie du complot, le phénomène était purement factuel.

Il partait d'un constat simple: la part des populations extra européennes en Europe s'accroissait naturellement.

Cette situation était la conséquence d'un triple mouvement au cours duquel le monde subissait simultanément une forte industrialisation accompagnée d'une perte de spiritualité et d'une privation d'identité culturelle.

L'expression de grand remplacement faisait référence à une citation de Bertol Brecht estimant que le peuple ayant trahi la confiance du régime, il était plus simple de le dissoudre et d'en élire un autre.

Celui qui ne prévoyait pas les choses lointaines s'exposait à des malheurs prochains, prédisait Confucius.

Natacha devait réagir vite, Sacha venait d'être officiellement expulsé, elle ne disposait plus d'aucune source d'information chez Info3D.

Georges déplorait vivement le départ de son ami Sacha. Il en voulait à Natacha, responsable de son expulsion.

Paris, le 10 septembre

Sacha transmettait à Natacha des données confidentielles du programme CAHO (Conception Assistée d'Hologramme par Ordinateur).

Quand bien même étaient-elles virussées, il ne respectait pas son contrat avec la DGSE, Rakovicz entamait la procédure d'expulsion.

Bientôt plusieurs cambriolages suspects survenaient qui, au ministère de La Défense boulevard Saint Germain, qui au siège parisien d'Info3D, tous signés de la Main rouge, du nom d'une organisation terroriste rappelant les sombres années des guerres d'indépendance du Maghreb.

Il n'y avait pas de rapport entre ces événements, la Main rouge n'existait plus aujourd'hui, un temps émanation des colons radicaux puis du contreterrorisme des services français, elle avait mis fin à ses activités après les accords d'Evian.

Le choix de la signature n'était pas innocent, la DGSE, digne successeur du SDECE, avait un temps utilisé les services de la Main rouge.

Le service français était soupçonné par les médias avant que ne leur soit opposé un vif démenti rappelant le passé de cette organisation sans lien avec les actes commis aujourd'hui.

Rakovicz était perplexe, il se demandait qui pouvait bien être le commanditaire de ces opérations.

On fouillait les bureaux mais rien n'était volé, apparemment les cambrioleurs savaient ce qu'ils cherchaient.

Après avoir consulté les fichiers du contreterrorisme et analyséla méthode et la signature, il en concluait que les seuls qui pouvaient être intéressés étaient les russes.

Ils utilisaient les moyens traditionnels d'un service action, sous couvert d'une organisation qui n'existait plus, pour récupérer des informations confidentielles.

Strasbourg, le 12 septembre

Suite aux cambriolages de Paris, la sécurité était renforcée chez Info3D.

Pour remplacer Sacha, Georges faisait appel à une société privée de gardiennage avec chiens.

Strasbourg était devenue une ville de passage incontournable pour beaucoup de familles émigrant vers le Centre Europe.

Située le plus à l'est sur une frontière imaginaire joignant deux territoires, semblable à une ligne virtuelle projetée dans le milieu naturel, Strasbourg ne faisait pas obstacle à la libre circulation des personnes.

Elle était aujourd'hui l'une des principales voies d'accès à la Mitteleuropa, le « cœur battant » de l'Europe. Cette Europe du Milieu, berceau des peuples d'origine indo-européenne, représentait le nouvel eldorado pour la plupart des nouveaux émigrants du Vieux Continent.

Moscou, le 18 octobre

Pour des raisons pratiques, Georges était détaché chez Rosbank pour une période de six mois. Arpagie restait à Strasbourg auprès d'Aurora, Rakovicz la rejoignait les week-ends.

Natacha resplendissait, elle avait le teint clair des femmes de l'Est qui leur donnait cet éclat naturel. Elle continuait de travailler, se rendait à son bureau chaque jour mais dormait mal, elle était souvent fatiguée. Georges était assailli de désir comme au premier jour. La beauté de Natacha enceinte évoquait le buste de Néfertiti, les seins tendus, le ventre rond nourricier symbolisant la grâce divine.

Les cambriolages de Paris étaient un fiasco, c'était comme chercher une aiguille dans une botte de foin.

A Strasbourg, les services de police étaient mobilisés, la société de gardiennage effectuait trois à quatre rondes par nuit

117

avec des chiens. Toute intervention locale semblait vouer à l'échec.

Depuis que Sacha était expulsé, Natacha n'avait plus aucun contact chez Info3D, il lui fallait recruter sur place.

La société de gardiennage SECUREST était en partie composée d'anciens agents Stasi, il était facile pour Krakovski de retrouver leur dossier. Bientôt une opération était montée avec quelques ex-agents recrutés pour l'occasion.

Strasbourg, le 25 octobre

Igor, chef improvisé du commando Main rouge, était chargé de récupérer les codes de désactivation du virus.

Il avait créé cette agence de sécurité dans les années quatre-vingt-dix après la réunification allemande. Les anciens Stasi recevaient en général une formation numérique.

La nuit recouvrait la vieille ville de son épais manteau noir. Les éclairages froids des ruelles étroites nimbaient les façades de lumières vacillantes. Comme chaque soir, les vigiles effectuaient plusieurs rondes, les chiens étaient lâchés dans l'enceinte Info3D.

Entre deux rondes, Igor pénétrait dans le labo, plusieurs dossiers se trouvaient encore amoncelés sur le bureau de Samucievicz. Chaque dossier mentionnait un code spécifique qu'il fallait saisir avant d'ouvrir le programme pour désactiver le virus.

Le code du dossier CAHO était une formule alphanumérique à 12 caractères, en quittant le programme, le virus se réinitialisait automatiquement.

L'opération, une fois terminée, ne laissait aucune trace, aucun indice visible, aucune empreinte, aucune signature. RAS, les agents de sécurité ne remarquaient rien.

Le lendemain matin Samucievicz trouvait la porte de son bureau entrouverte, le dossier CAHO, posé sur les autres, à l'intérieur deux pages inversées.

118

Igor reportait à Krakovski, Natacha le félicitait personnellement, ses services devaient être en mesure de déchiffrer CAHO.

Igor Malikov était un ancien de la Force ALFA appartenant au Service fédéral de sécurité de la Fédération de Russie, spécialisée dans la lutte anti-terroriste. Il avait fait toutes ses classes au FSB puis à la Stasi avant d'être recruté par ALFA. Il connaissait Zakachenko auquel il avait été confronté dans une affaire de corruption.

Strasbourg, le 10 novembre

Rakovicz se rendait sur place. Georges n'était pas au courant, Natacha ne lui parlait de rien ne laissait rien entendre, évitait toujours de le mettre dans la confidence.

Les agents de sécurité étaient longuement interrogés sur leur passé, leurs antécédents, la nature de leurs missions, sans résultat. C'était difficile de croire qu'ils n'avaient rien remarqué, la seule explication plausible était leur participation directe à l'opération. Rakovicz n'avait pas la moindre preuve de ce qu'il avançait.

Le flux des émigrants du Vieux continent s'était considérablement accru, les nouvelles de Paris étaient alarmantes. Les autorités de la Capitale débordées faisaient appel aux forces armées stationnées autour de Paris pour gérer le flux des arrivants.

Le nombre des immigrants doublait en quelques semaines.

Le grand remplacement prenait forme, ce n'était plus une théorie mais une réalité quotidienne.

La Mitteleuropa terre d'hospitalité, était un espace sanctuarisé, pour les exilés du Vieux continent. Bientôt La Pologne, la Tchéquie, la Slovaquie, la Slovénie et la Roumanie rejoignaient les rangs des pays d' accueil.

Devant l'ampleur de la situation, la Commission européenne décidait à l'unanimité de suspendre l'application des accords de Schengen, les frontières internes des pays membres de l'Union étaient officiellement rétablies. La plupart d'entre eux avait déjà pris l'initiative.

La mise en œuvre de l'espace Schengen impliquait la disparition des frontières entre membres de l'Union et leur renforcement avec ceux qui n'en n'étaient pas membres, des dispositions communes sur le séjour temporaire des personnes, l'harmonisation des contrôles aux frontières extérieures, une coopération policière transfrontalière et une coopération judiciaire.

Paris, le 5 décembre

L'Etat de siège était décrété en Île de France, des militaires placés devant les bâtiments publics et aux entrées des ministères et de l'Assemblée Nationale.

Rakovicz était chargé de vérifier l'identité et l'origine des migrants, des membres de Daesh s'infiltraient parmi les réfugiés.

Le flux des émigrants vers l'Est croisait quotidiennement celui des réfugiés d'Afrique et d'Orient. Plusieurs filières étaient démantelées, les passeurs arrêtés.

Un soir lors d'une opération de police dans un gymnase désaffecté du vingtième, servant de centre d'hébergement, un des migrants avait blessé Rakovicz à l'abdomen au moment où il s'apprêtait à l'interpeler.

L'homme déjà fiché était transféré sans autre forme de procédure au Centre pénitentiaire de Melun, regroupant désormais par ordre préfectoral les personnes ayant commis des actes terroristes en Île de France.

Arpagie se rendait à l'hôpital Dieu, le processus vital n'était pas engagé, Rakovicz pouvait sortir d'ici une quinzaine de jours.

Désormais il fallait prendre en considération le facteur risque que représentait la présence des migrants. Le

120

phénomène allait s'amplifiant, c'était comme une grande transhumance.

Les réfugiés étaient contrôlés, les demandeurs d'asile acceptés au cas par cas, les autres placés dans des centres de rétention avant d'être reconduits dans leurs pays d'origine.

Quelle que soit l'approche du concept, l'existence de frontières ou de limites renvoyait à la notion de territoire. Elles étaient le produit de rapports de forces et de la volonté des peuples, les flux migratoires ne pouvaient les modifier ou les transgresser.

Un territoire reflétait un espace socialisé, une place où se déroulaient des activités humaines, en retour il structurait l'existence pratique des individus et leur donnait une identité.

Certains habitants ne souhaitaient pas la confrontation, ils prenaient la décision d'émigrer. Les pays d'Europe médiane, « l'autre Europe », représentaient une bonne destination, simple, directe, cohérente. Ils y conservaient leur ipséité.

Arpagie restait à Strasbourg, elle n'éprouvait pas le besoin de quitter la ville.

C'était son territoire, elle y avait ses attaches, ses parents vivaient là depuis toujours.

La Cité n'était pas touchée par les flux migratoires. Les réfugiés préféraient les métropoles à fort taux de mixité où l'économie et l'assistanat étaient fleurissants.

Les nouvelles générations raisonnaient différemment, elles prenaient part au phénomène migratoire, pour trouver un emploi à l'étranger. Elles savaient être mobiles et s'expatriaient sans difficulté.

Aurora n'avait pas encore deux ans, elle grandissait à Strasbourg à l'abri des évènements.

Moscou, le 14 décembre

Georges obtenait son passeport russe, il passait les fêtes de Noël à Moscou avec Natacha et Tatiana, une semaine avant il était à Strasbourg auprès d'Aurora.

Natacha était enceinte de huit mois, elle était épanouie, désirable. Ses seins avaient doublé de volume. Georges avait du mal à contenir ses émotions tant Natacha était attirante et séduisante.

Elle portait une robe Dior évasée en mousseline transparente et ses ballerines Chanel vernis blanches lui donnaient un air de petite fille prise en faute.

Ses yeux rayonnaient, semblables à des émeraudes brutes. Georges avait été séduit dès le premier jour de leur rencontre. Son statut de femme enceinte faisait d'elle une icône.

Le Général Zakachenko décorait Natacha de l'Ordre d'Alexandre Nevski pour service rendu à la patrie dans le domaine de la science.

Georges refusait de se rendre à la cérémonie.

Strasbourg, le 24 décembre

Arpagie semblait fatiguée, elle avait les traits tirés, les événements de Paris l'épuisaient moralement.

Comme chaque année elle préparait le dîner de Noël, sa fameuse recette de chapon fourré aux truffes sur lit de purée de marron dont tout le monde raffolait.

Aurora était gâtée, le Père Noël lui apportait une dînette et deux poupées strasbourgeoises traditionnelles magnifiques.

Georges restait pour le weekend, il dormait dans le salon.

Le lendemain, en fin de journée, il emmenait Aurora se promener dans la vieille ville.

Il faisait déjà nuit, les lumières de Noël essaimaient les ruelles de guirlandes lumineuses, les maisons scintillaient de bougies sur le rebord des fenêtres. Le sentiment de célébration était partout visible.

Décembre à Strasbourg était avant tout un immense marché de Noël, le plus ancien de France.

C'est dès 1570, sous l'influence du protestantisme strasbourgeois luttant contre les "extravagantes" traditions catholiques qui s'attachaient au nom des saints, que le "Christkindelsmärik" (le "Marché de l'Enfant Jésus") avait remplacé le marché de la Saint Nicolas.

L'ambiance qui régnait à Strasbourg était alors unique. C'était surtout en fin d'après-midi, lorsque la nuit tombait, que la magie s'installait, comme si la ville, soudainement consciente de la diminution des forces du soleil, avait compensé l'absence de chaleur et de lumière par une nouvelle ardeur.

Les vitrines brillaient, les décorations embellissaient les façades, les odeurs d'épices et de cannelle rappelaient des souvenirs d'enfance, les chants de Noël résonnaient du fond des églises.

Le Marché de Noël s'étendait sur plusieurs rues et places du centre-ville, en particulier place Broglie et place de la Cathédrale. Plusieurs centaines de commerçants proposaient au promeneur des cadeaux originaux et des objets traditionnels pour décorer son sapin et sa crèche. On y trouvait aussi friandises, vin chaud, beignets...

Pour faire bonne mesure, un sapin géant était planté place Kléber, de nombreux concerts permettaient d'apprécier la beauté de la cathédrale et des églises de la ville, une foule d'animations faisait découvrir les riches traditions alsaciennes.

Le lundi Georges rentrait à Moscou. Muni d'un passeport russe, il conservait son passeport français. La double nationalité était un atout qui n'était pas étranger à la situation actuelle.

Citoyen français devenu citoyen russe, il ne renonçait pas à la nationalité française et œuvrait au rapprochement des peuples.

Il était le signe tangible d'une continuité des cultures.

Moscou, le 7 janvier

Le petit Elios était né le jour du Noël russe, Natacha accouchait sous péridurale au Perinatal Medical Center, une des cliniques privées les plus chères de Moscou. Georges et Tatiana avaient assisté à l'accouchement.

Natacha habitait un hôtel particulier sur Kropotkinskaya, non loin de la cathédrale du Christ Sauveur, la plus grande église russe avec ses 22000 mètres carrés de surface peinte et ses 106 mètres de hauteur.

C'était un des quartiers les plus résidentiels de Moscou, Georges aimait y flâner le soir avant le diner.

A deux pas des coupoles dorées de la cathédrale, de charmants hôtels particuliers de style Art Nouveau côtoyaient des résidences très tendance créées par des architectes contemporains.

La section entre la rivière Moskova et les rues Ostojenka et Pretchinstenka avait même reçu le nom de « golden mile » en raison de la quantité de nouveaux développements de résidences « élite » qui s'y trouvaient.

Le musée Pouchkine, la Maison de la Photographie, la rue piétonne Arbat et son shopping, le Centre Opéra Galina Vichnevskaya étaient tous à quelques minutes de marche.

On y trouvait les ambassades du Canada, du Mexique, d'Italie, entre autres, plusieurs des meilleurs restaurants de la ville comme Vanille, Vertinski et Snobs, et même les bureaux de l'agence Evans. Il n'y avait pas de doute, Kropotkinskaya était le quartier le plus à la mode le plus recherché à Moscou aujourd'hui.

Comme beaucoup de villes européennes, Moscou était bâtie sur un modèle de cercles concentriques.

Le Kremlin en était la pierre angulaire, venait ensuite la Ceinture des Boulevards, Boulvarnoye Koltso, encerclée à son tour par l'anneau suivant, la Ceinture des Jardins, ou Sadovoye Koltso.

Les quartiers résidentiels les plus désirables se situaient à l'intérieur de la Ceinture des Jardins.

124

Il s'agissait plus particulièrement des quartiers de Patriarchi Ponds, Tchisti Proudi, Tverskaya et Arbat-Kropotskinskaya. Chacun de ces quartiers jouait un rôle particulier dans l'histoire et dans la vie de Moscou.

La Ceinture des Boulevards était la plus charmante de la ville, elle se situait dans le centre historique de Moscou.

Les boulevards de Moscou étaient organisés de façon à ce que les voies de circulation longent un parc magnifique, agrémenté de sentiers et de bancs pour les promeneurs, d'étangs et de terrains de jeux pour les enfants.

La Ceinture des Jardins devait son nom aux jardins qui s'étendaient autrefois tout autour des limites de la vieille ville.

Aujourd'hui, les jardins avaient pratiquement disparu et la ceinture des jardins était devenue l'une des artères centrales de la ville avec ses dix voies de circulation.

La Ceinture des Jardins était à son tour encerclée par le tout nouveau Tretye Koltso, ou Troisième anneau.

Ce boulevard périphérique était la seule route vraiment moderne de la ville, incorporant jonctions complexes, ponts et tunnels. Il avait été construit récemment pour faciliter la communication routière entre les différents quartiers de Moscou.

Le dernier des anneaux était la ceinture extérieure, ou MKAD, qui délimitait la lisière extérieure de la ville de Moscou.

Sur invitation personnelle du maire de Moscou, à laquelle le maire de Strasbourg avait répondu favorablement, l'office de tourisme de Strasbourg et sa région avait poursuivi sa politique d'exportation de son marché de Noël.

Malgré la tension diplomatique, les menaces et les embargos décrétés entre l'Europe et la Russie après les événements en Ukraine, les petits chalets du « Christkindelsmärik" étaient à nouveau dans les environs de la place Rouge.

Georges et Natacha décidaient de passer Noël à Moscou. Natacha préparerait une oie farcie aux pommes pour le diner et, le soir ils se rendraient à la messe à la cathédrale Sainte Marie de l'Immaculée Conception, dans la rue Malaïa Gruzinskaïa.

La traditionnelle messe de minuit était en anglais, en espagnol, en italien, en allemand, en polonais, en coréen et bien d'autres langues.

A Moscou, les services religieux avaient lieu dans trois églises catholiques, trois églises luthériennes et deux églises protestantes. En raison du grand nombre de fidèles le soir de Noël, la messe était dite deux à trois fois.

Cette année devrait battre le record du nombre de marchés de Noël dans la capitale.

Dans toutes les rues centrales de la capitale moscovite, étaient prévus au total 30 marchés venus d'Europe et de Russie, regroupés sous l'évènement du « Voyage de Noël ».

Les marchés venaient de Prague, de Vienne, de Bruxelles, de Riga, de Copenhague, d'Alsace et de Strasbourg, le plus ancien marché de Noël d'Europe. Installé face au théâtre du Bolchoï, ce dernier proposait gourmandises et spécialités alsaciennes.

Le long des murs du Kremlin, des stands proposaient des souvenirs traditionnels russes : plateaux peints, pain d'épices de Tula, châles d'Orenbourg et jouets de Khokhloma.

Ici même il était possible de se procurer des sapins français d'Alsace et bien d'autres accessoires de Noël.

Le très populaire journal Seasons of Life organisait pour la troisième fois consécutive le festival Seasons tant apprécié des moscovites, il se tiendrait au jardin de l'Ermitage. Cette édition mettait à l'honneur le style russe traditionnel.

Au programme, deux jours de festivités avec de vrais chants de Noël, une foire aux sapins, une crèche, des dégustations au caviar et un marché de Noël.

Les amateurs de mode avaient rendez-vous au marché « Les Pommes du Paradis » (Raïskie Iabloki), où plus de deux cents artistes, artisans et créateurs russes exposaient leurs œuvres.

A l'inverse de Georges et Natacha, de nombreux Moscovites et expatriés préféraient passer les fêtes de fin d'année aux environs de Moscou.

Les destinations les plus prisées restaient les villes de « l'anneau d'or » (Iaroslavl, Kostroma, Ouglitch, etc.), la réserve naturelle de Riazan, ou encore des sanatoriums qui proposaient des programmes spéciaux pour le Noël catholique.

Natacha était baptisée catholique, comme sa mère d'origine lithuanienne.

Elle considérait toujours que c'était la seule religion à délivrer un message d'amour.

Son père était né à Moscou, il n'était pas croyant. Quelques jours après son retour de maternité, Natacha reprenait ses fonctions.

Paris, le 15 février

La Gare de Lyon était littéralement envahie par l'arrivée des migrants, l'armée devait remplacer les escadrons de gendarmerie débordés par les évènements.

L'Etat de siège permettait de mettre en place des mesures d'exception pour canaliser et contrôler le flux des étrangers.

Les autorités se retrouvaient partagées entre le devoir d'appliquer les mesures humanitaires que leur imposait le droit international, respectant ainsi l'image de la France terre d'asile, et les mesures imposées par l'Etat de siège considérées par certains comme liberticides.

Aussitôt l'Etat de siège décrété, les pouvoirs, dont l'autorité civile était investie pour le maintien de l'ordre et la police, étaient transférés à l'autorité militaire.

Cette dernière pouvait effectuer des perquisitions domiciliaires de jour et de nuit, éloigner toute personne ayant fait l'objet d'une condamnation devenue définitive pour crime ou délit, les individus qui n'avaient pas leur domicile dans les lieux soumis à l'Etat de siège, procéder à la recherche et à l'enlèvement d'armes et munitions, ordonner leur remise, interdire les publications et les réunions de nature à menacer l'ordre public.

Rakovicz était en première ligne pour identifier et traquer les infiltrés d'EI. Les opérations de contrôle étaient particulièrement pénibles, il devait se rendre dans chaque centre, local, école, hôtel mis à la disposition des migrants pour procéder à des interpellations, des identifications, des interrogatoires de suspects arrêtés.

La plupart étaient relâchés.

La situation était complexe, l'équation insoluble, certains pays d'Europe centrale, situés aux confins de l'espace Schengen, considéraient à juste titre que leurs frontières devaient être fermées aux migrants pour sécuriser l'espace communautaire comme le prévoyait le traité.

A contrario de cette idée, l'Allemagne ouvrait grand ses frontières à l'afflux des réfugiés. Il n'y avait aucune solidarité entre les Etats, aucune attitude commune, chaque membre de l'Union décidait pour lui-même. Les accords de Schengen n'étaient pas respectés, l'Europe n'existait pas.

Le flot des migrants ne cessait de grossir, Arpagie était inquiète, Rakovicz ne dormait plus.

Sa réputation faisait le tour de Paris, les réfugiés le surnommaient « le missionnaire ». Propagateur d'un idéal, soldat en mission, il prêchait, enquêtait, interrogeait, recueillait tous renseignements par tous moyens, utilisait contrainte, chantage, menaces, recrutait ou expulsait les étrangers en situation irrégulière.

Il agissait comme un collecteur d'eaux usées chargé de leur évacuation vers une station d'épuration ou de leur rejet en mer. Il avait un rôle de déversoir, il facilitait l'évacuation du trop-plein.

« Les Aspirations » de William Chapman décrivaient le parcours du missionnaire, une nuit d'hiver dans la forêt que pas une lueur d'étoile n'illumine. Elles racontaient que la tempête avait parfois des clameurs d'enfer là où, raquette au pied, cheminait un vieux prêtre.

L'homme s'était mis en route en bravant le souffle du vent qui courbait déjà le faîte des arbres neigeux. Il s'était engagé seul sous le grand bois épais pour aller annoncer, tel un messager de la paix, à quelque autre peuplade ignorante et barbare celui qui fit sortir de son tombeau Lazare, et dont la mort devait racheter l'univers.

Par le fait du hasard, Rakovicz portait le même nom de code à la Salamandre noire (branche armée de la LDK du président Rugova) durant la guerre civile au Kosovo.

Il ne parlait jamais de son passé.

Il se considérait comme un fonctionnaire, non comme un combattant.

Il recevait des menaces de mort chaque jour, il avait à son actif l'arrestation d'une trentaine de djihadistes qu'il avait fait incarcérer, sans autre forme de procès, à la maison d'arrêt de Melun.

Les demandes d'asile étaient acceptées sur dossier, après enquête des services d'immigration. C'était la seule perspective pour les migrants, une goutte d'eau dans cette marée humaine.

La plupart étaient refusées, ouvrant la voie à l'exaspération, aux actions violentes, parfois suicidaires.

La volonté des peuples devait rester l'élément essentiel à prendre en considération, dans le strict respect des traités signés.

Il fallait se rendre à l'évidence, les accords de Schengen étaient inapplicables.

Plusieurs pays membres avaient fermé leurs frontières sans en référer à la Commission.

Chacun jouait pour soi, il n'y avait pas de coordination ni de décision commune.

L'Union était déliquescente, les américains appréhendaient maintenant de mettre leur grand concurrent dans un embarras inextricable.

Nos cousins éloignés pratiquaient toujours le double langage. C'était l'apanage, pensaient-ils, de la realpolitik d'une grande diplomatie à géométrie variable que la majorité de leurs alliés avait clairement du mal à comprendre et à accepter.

Paris, le 16 mars

Arpagie était enceinte d'Orien, son père n'aurait pas l'occasion de se réjouir, Rakovicz venait d'être abattu en pleine rue dans le centre de Paris.

L'horrible nouvelle avait l'effet d'un séisme, Arpagie était effondrée.

L'homme qu'elle aimait, le compagnon de sa vie, le père de son futur fils, disparaissait sans crier gare.

Un Commandant de la DGSE tué par des migrants était un acte de guerre inacceptable, le choc était immense.

Georges prenait le premier avion pour se rendre auprès d'Arpagie.

L'enterrement était dramatique, douloureux. Aurora se tenait dans les bras de son père, Arpagie était inconsolable. Accrochée aux bras de Georges, elle était sans force.

Ses parents, ses amis, les salariés d'Info3D assistaient à la cérémonie. Natacha et Tatiana, Sabine la sœur de Georges, les amis kosovars de Rakovicz faisaient le déplacement, l'émotion était à son comble.

Ses collègues de la DGSE venaient rendre un dernier hommage à leur frère d'arme, cet homme courageux qui toute sa vie s'était battu contre l'injustice.

Un hommage officiel lui était rendu par la nation dans la Cour des Invalides en présence du ministre de l'intérieur, de l'Etat-major de la DGSE au grand complet et des représentants des différents corps constitués de Police et de Gendarmerie.

La Légion d'Honneur lui était décernée à titre posthume.

L'enquête était menée bon train, trois hommes fichés « S » appréhendés puis transférés à Melun, un important stock d'armes saisi.

L'Etat de siège était renforcé, les autorités militaires étaient désormais chargées de la surveillance des centres d'hébergement, des fouilles systématiques étaient effectuées à l'entrée et à la sortie, le couvre-feu instauré à partir de vingt-deux heures.

Le nombre de départs vers l'Est augmentait au fur et à mesure que l'afflux de réfugiés vers l'Europe s'amplifiait, l'insécurité régnait dans toutes les grandes villes.

Des murs étaient construits dans la plupart des pays situés aux frontières de l'espace Schengen, la mesure était mal perçue et peu efficace.

A l'initiative d'« Oeuvre Sociale », une association civile d'ordre public dépendant du Ministère des Affaires sociales, les habitants des zones à forte densité de migrants constituaient, avec l'aval des autorités, des « Conseils de quartiers » dont les membres bénévoles étaient chargés de contrôler l'abord et l'accès des habitations.

Membres d'une association de citoyens vigilants, ils étaient tous volontaires. Ils faisaient acte d'utilité sociale agissant pour le bien commun. Leur rôle n'était pas de servir de supplétifs aux militaires, ils étaient interdits de port d'armes.

Croix Rouge, HCR, Armée du Salut, Protection Civile, Secours Populaire, Restos du Cœur, Secours catholique, Médecins sans frontières, Ligue des Droits de l'Homme, LICRA, MRAP, SOS Racisme, DAL, SAMU Social, Terre des hommes, Frères des hommes, ATD Quart Monde, auxquels s'étaient joints l'Episcopat français, l'Eglise protestante, le CRIF, le CFCM, tous avaient participé à l'accueil des réfugiés, fourni des soins, des repas, des abris, du réconfort.

Une coordination de la société civile regroupant l'ensemble des associations élaborait un plan humanitaire sans précédent.

Georges proposait à Arpagie d'emmener Aurora à Moscou, sa grossesse et le traumatisme de la disparition de Rakovicz l'avaient épuisée.

Natacha insistait pour qu'Arpagie vienne avec sa fille, elle passerait le temps qu'il faudrait, se reposerait, visiterait la ville, changerait d'idées, ça lui ferait le plus grand bien.

Arpagie acceptait cette main tendue, Aurora ferait la connaissance de son demi-frère Elios.

Natacha avait à cœur d'aider Arpagie, son amitié la rapprochait de Georges dont elle n'ignorait pas la tendresse pour son ex-femme.

Moscou, le 10 avril

Selon Berdiaev, la liberté était à l'image du territoire : infinie. L'inverse était vrai.

Arpagie et sa fille se promenaient à Gorki Park, le temps était magnifique.

Natacha les accompagnait, Elios dormait dans son landau.

La scène paraissait surréaliste, deux femmes à part, que les circonstances opposaient un temps comme rivales, étaient assises côte à côte sur un banc, dans un parc public de Moscou.

Le même souffle vital les habitait.

Elles parlaient librement d'avenir, d'amour, des enfants.

Les évènements dessinaient leur ligne de vie. Georges faisait figure de point d'ancrage.

A présent les deux femmes se tenaient ensemble, elles esquissaient une vaste terre continue, évoquaient un continent. Leur sentiment d'appartenance commune était le résultat d'une géographie et de la volonté des peuples. Par intuition, elles traçaient une sorte de territoire unique.

Elles démontraient qu'après une coupure de plus d'un demi-siècle, « l'autre Europe », l'Europe du Milieu, réintégrait

132

sans difficulté le modèle social, culturel et religieux du Vieux Continent.

Comme le rappelle Daniel Sibony, le vent d'Est suggère que l'angoisse devant l'avenir est bien souvent une angoisse devant le passé. Il est gelé, silencieux, et le voilà qu'il bouge... Et pourtant l'avenir ne peut bouger que si le passé bouge.

L'extension récente aux portes d'Asie posait une nouvelle fois le problème de l'élargissement et des limites de l'espace européen.

A l'origine, l'« Ereb » n'était ni continent, ni sous-continent, ni péninsule, ni même entité géographique scientifiquement déterminable.

Lorsqu'il avait fallu fixer des frontières physiques, tangibles, des obstacles naturels étaient désignés.

Ephraïm Chambers expliquait dans son Cyclopædia, que le monde est ordinairement divisé en deux grands continents, l'ancien et le nouveau.

Dans son atlas, Emanuel Bowen définissait un continent comme un grand espace de terre ferme comprenant de nombreux pays non séparés par l'eau.

L'idée de continent agissait comme supraterritoire de souverainetés et de peuples géographiquement proches, « espace commun » établi selon un déterminant culturel, religieux, politique, économique.

Des lignes arbitraires figuraient un imaginaire collectif.

Un authentique territoire de l'Atlantique à l'Oural prenait corps au sein d'un Conseil, l'idée de « Maison commune » était une réalité.

A cet instant les confins semblaient se fondre dans le champ infini de la « khôra », le territoire de la Cité, vaste continuum à aménager, matrice de réalisation des idées, porteuse de toute matière.

Véritable sphère proxémique, terre en friche sacrée, selon Chantal Jaquet, la khôra était pensée comme un réceptacle de toutes les formes précisément parce qu'elle n'en avait aucune.

133

Terre continue qui figurait l'authentique loi de l'inévitable instabilité des individus et source de leur devenir, elle s'accommodait d'accidents concrets comme autant d'imperfections inévitables.

Natacha et Arpagie appartenaient au même cercle durable d'une longue continuité de peuples où se forgeait leur identité.

C'était un continent que matérialisait un grand territoire dont les limites se déplaçaient au gré de velléités d'appartenance, telle une ligne isobare qui, pour un temps, fixait l'équilibre entre deux pressions, maintenait la stabilité des masses et des forces.

Son séjour à Moscou était bénéfique, Arpagie retrouvait le goût du bonheur, un regain d'enthousiasme. Elle désirait une autre vie, une vie meilleure.

Le souffle du vent d'Est apportait une dimension nouvelle, un changement de direction. Ce qu'André Breton décrit dans L'Amour fou comme « le bon vent qui nous emporte » qui « ne tombera peut-être plus puisqu'il est dès maintenant chargé de parfums comme si des jardins s'étageaient au-dessus de nous. »

Arpagie vivait une éternité où le soleil occupait l'intervalle du jour.

C'était comme un effacement des lignes, une lente disparition des tracés.

Son existence s'apparentait à une novale qu'il fallait cultiver, développer, fertiliser.

Avec Natacha comme colocataire, elles incarnaient les deux versants d'une terre étendue à l'horizon, un espace-temps aménagé entre Est et Ouest.

Comme des « mères soleil », elles donnaient vie, apportaient chaleur et lumière.

Aurora chérissait son frère Elios. La naissance d'Orien rapprochait Arpagie et Natacha. Tatiana endossait un rôle de grande sœur au sein d'une fratrie recomposée.

Leur odyssée façonnait une « maison commune » ayant charge d'âmes, un sanctuaire pour Arpagie qui tentait d'oublier son terrible drame. Ensemble, elles tissaient la trame de leurs émotions, formaient une famille durable où l'amour tenait lieu de sésame.

Entre Ereb et Assou, les évènements traversaient une culture partagée aux frontières naturelles millénaires que guerres et conventions modifiaient. L'épisode des migrations en accélérait le cours. Entraves et barrières tombaient, ce qui unissait allait au-delà des lignes imaginaires joignant des territoires.

C'était une histoire sans fin qui ne mesurait pas l'étendue du chemin parcouru.

De Paris à Moscou en passant par Strasbourg, Euros et Aphéliote, vents d'Orient naissant au Levant, poussaient parents et enfants aux confins du Vieux Continent. Ils se tenaient au seuil d'un nouveau départ.

Dans un monde sans repères, où chaque individu s'enquérait d'un territoire sacré,

il fallait se rendre à l'évidence, le soleil traversait les frontières.

Du Levant au Ponant, sa lente trajectoire ne rencontrait jamais d'obstacle.

Et « par les fenêtres grandes ouvertes, l'or de ce soleil au déclin se diffusait partout. », décrivait Pierre Loti.

Paris, le 10 Mai

Le successeur de Rakovicz avait fait ses classes au GIGN. C'était un militaire de formation.

Né de parents grecs, immigrés en France dans les années soixante-dix, le lieutenant Anatolikos Anemos était petit, râblé, le nez busqué. Agé de cinquante-deux ans, il n'était pas marié, il avait consacré sa vie à l'armée.

Ayant un temps servi sous les ordres de Rakovicz à la DGSE, il avait participé à l'opération « Sanctuaire » décidée par le Conseil européen dans le but d'établir un cordon sanitaire aux frontières de Schengen.

A la mort de Rakovicz, Anemos était rappelé à la DGSE.

Il prenait connaissance du dossier Rosbank, convoquait Georges et Arpagie.

De son passage au GIGN, il retenait que le soldat devait garder tête froide et agir avec bon sens. L'état d'âme était signifiant qui faisait perdre le contrôle d'une situation où des vies humaines étaient en jeu.

Sa formation de guetteur faisait de lui un ouvreur, chargé d'anticiper avant d'intervenir.

Le lieutenant Anemos avait une réputation de guide pour les autres.

Il s'exposait à la volonté de ne pas mettre autrui en danger, considérant qu'il avait charges d'âmes et que la réussite d'une opération se mesurait à l'absence de prise de risque.

Strasbourg, le 14 Mai

De retour à Strasbourg, Arpagie se sentait submergée par l'émotion.

Aurora retrouvait Dora sa jeune fille préférée, elles partaient se promener le long du canal de l'Ill.

La ville avait repris ses couleurs printanières, ormes et tilleuls, cerisiers, platanes, marronniers et frênes foisonnaient de feuilles et de bourgeons colorés.

Strasbourg était une des villes françaises qui possédait les arbres les plus imposants.

L'arbre le plus haut était un des platanes du parc des Contades qui mesurait plus de 45m de haut, l'équivalent de la hauteur d'un immeuble de quinze étages.

On pouvait penser que le climat et la richesse des sols alsaciens y étaient pour quelque chose.

Elles arrivaient de Moscou en début d'après-midi, Arpagie se changeait pour aller au bureau. La vie reprenait ses droits, elle devait faire bonne mine.

Pour son retour, ses collègues avaient disposé des roses rouges sur son bureau en signe de bienvenue. Ils apprenaient la triste nouvelle de la disparition de Rakovicz.

Arpagie rentrait reposée, son séjour à Moscou était bénéfique.

Natacha avait pris soin d'elle, son aide précieuse était devenue indispensable.

Georges était heureux, les enfants aussi. Orien naissait dans une famille apaisée.

Les messages de soutien étaient nombreux, celui du lieutenant Anatolikos Anemos convoquait Arpagie à Paris le 18 mai dans les locaux de la DGSE pour un débrief sur le dossier Rosbank.

Paris, le 18 Mai

En arrivant Gare du Nord, Arpagie se sentait oppressée, son cœur battait la chamade.

L'idée de revoir le bureau de Rakovicz, le père de son enfant, après sa disparition tragique, était une épreuve insoutenable.

En entrant dans le bureau du lieutenant Anemos, elle était prise d'un malaise et dut s'asseoir.

Il comprenait, lui tendit un verre d'eau.

L'homme était prévenant, il nourrissait une profonde reconnaissance envers Rakovicz. Grâce à lui, il avait appris les ficelles du métier.

Le lieutenant Anemos voulait savoir si Arpagie était en bons termes avec Georges.

Ils conservaient des liens étroits, il était le père de leur fille Aurora.

Depuis peu, elle-même entretenait une relation proche avec Natacha Dmitrienko, la compagne de son ex-mari. Leur fils Elios vivait avec sa mère à Moscou.

Natacha restait persona non grata en France.

Anemos rappelait que, grâce à elle, la DGSE avait pu identifier un agent russe travaillant chez Info3D pour Madame Dmitrienko. Elle était colonel au GRU.

Anemos lui demandait aussi si elle acceptait de continuer à travailler pour la DGSE.

Paris, le 22 Mai

Le lieutenant Anemos convoquait également Georges. Natacha n'était pas au courant, il ne voulait pas l'inquiéter.

Georges était arrivé de Moscou par le premier vol du matin, c'était un vol Aeroflot.

Après s'être brièvement présenté, Anemos expliqua à Georges que sa situation maritale et sa position chez Info3D étaient incompatibles. Selon lui, il y avait là un véritable conflit d'intérêts.

Georges avait déjà expliqué à son prédécesseur que Natacha et lui étaient convenus, depuis le début de leur relation, d'une totale et mutuelle confidentialité sur leurs activités respectives pour éviter tous risques de conflit.

C'était une véritable exigence s'ils voulaient protéger leur couple.

Jusqu'à maintenant, ils respectaient toujours cet accord. Natacha savait qu'elle perdait Georges le jour où elle y contrevenait et qu'il devrait en répondre devant la justice française.

Anemos restait dubitatif, le couple Georges-Natacha était fragile.

En cas de conflit, pensait-il, Natacha n'hésiterait pas un instant à sacrifier sa relation avec Georges pour remplir son « devoir patriotique ». Georges devait l'admettre.

Dans ces conditions, le lieutenant Anemos lui demandait de travailler pour la DGSE. Georges refusait.

Moscou, le 24 Mai

Natacha se rendait comme chaque jour à son bureau. Son chauffeur Youri l'attendait garé en bas dans la cour intérieure de l'immeuble.

Natacha choisissait une robe blanche Saint Laurent très courte, presque indécente. Sa démarche fatale était un véritable attentat à la pudeur.

Elle avait rendez-vous avec le Général Zakachenko pour obtenir les pleins pouvoirs sur le dossier Rosbank et discuter de son avancement.

Après avoir décrypté l'algorithme du logiciel CAHO, Rakovski accédait au contenu du programme.

Il permettait de concevoir des systèmes complexes de reproduction virtuelle facilitant l'appréciation globale du comportement de l'objet créé avant même que celui-ci n'existe.

Avec ce logiciel, on construisait virtuellement un objet capable de réagir dans son espace non réel selon des lois régies par le logiciel. Le résultat, appelé maquette numérique constituait un véritable prototype évolutif.

Il s'agissait historiquement de reproduire un procédé de photographie en relief.

Aujourd'hui, un hologramme représentait une image en trois dimensions apparaissant comme « suspendue en l'air ». Les hologrammes pouvaient être aussi utilisés pour stocker de l'information.

Les services russes mesuraient vite l'importance stratégique sur le plan militaire de détenir ce type de logiciel. Il allait permettre la fabrication virtuelle grandeur nature de composants électroniques ou de pièces d'équipements ou de matériels sensibles en vue de leur modification ou de leur transmission incluant le stockage de données.

Natacha avait bien travaillé, le Général Zakachenko était satisfait.

Mais il s'inquiétait de sa liaison avec un français. En cas de conflit, elle devrait choisir.

Natacha rétorquait sans hésiter qu'elle agissait en priorité pour la mère patrie.

Ils trinquèrent au succès de leur opération et à un avenir radieux.

Peu de temps après, Natacha était nommée « Héros de la Fédération de Russie » pour service rendu à l'Etat avec bravoure. C'était le plus haut titre honorifique de la fédération russe. Il était instauré après la dissolution de l'Union soviétique pour succéder au titre abandonné de Héros de l'Union soviétique.

Strasbourg, le 5 juin

Georges se rendait chez Info3D faire un point sur la mise en œuvre du programme Rosnet et l'état d'avancement de la formation délivrée aux cadres de Rosbank.

Il voulait aussi embrasser sa fille qu'il n'avait pas vue depuis Moscou et prendre des nouvelles d'Arpagie.

Ils expliquaient à Aurora que maman était triste parce que son ami était parti au ciel après un accident.

Le temps était au beau fixe, la chaleur rayonnait. Aucun nuage ne se dessinait à l'horizon, le zénith flamboyant augurait une belle journée. La vieille ville se couvrait de reflets dorés qui scintillaient sur les eaux remuantes de l'Ill.

Les touristes affluaient aux terrasses des cafés. C'était l'époque bénie où le soleil rallongeait les jours et faisait s'attarder les derniers clients.

La crise migratoire était loin, Arpagie consacrait sa nouvelle vie à ses enfants et à son travail. Elle était enceinte de trois mois et sa dernière écographie confirmait que le bébé se portait bien.

Elle ne faisait pas son deuil de Rakovicz, Natacha prenait régulièrement de ses nouvelles.

Orien était un cadeau du ciel mais ne compensait pas la perte d'un mari, d'un père.

La mairie tenait à rendre hommage au Commandant Rakovicz tombé au champ d'honneur dans l'accomplissement de son devoir. Une plaque commémorative était apposée par le maire rue de la Résistance pour célébrer l'esprit de sacrifice des membres des forces de sécurité.

Strasbourg avait cette capacité de lier culture et nature. Elle occupait une position prépondérante. D'un point de vue politique, sa perspective de capitale de l'Est la rendait stratégique, elle était un pont vers l'Est et servait de voie d'accès aux peuples du continent.

De nombreuses acculturations avaient modifié son modèle social. Elle restait dominante, son style de vie n'avait pas fondamentalement changé, elle continuait d'ingérer la plupart des cultures migrantes.

La crise migratoire ne touchait pas Strasbourg, la capitale était un modèle pour les autres villes.

Paris, le 21 juin

Les premiers groupes d'autodéfense faisaient leur apparition à l'occasion de la fête de la musique. Les réactions des migrants étaient violentes, ils s'en prenaient aux résidents et à leurs biens. Les femmes étaient leur cible principale.

De crise migratoire, la crise était devenue idéologique.

Un soir, des réfugiés s'en prenaient aux pompiers qui tentaient d'éteindre un feu de poubelles Cité de Crussole. Les habitants du quartier étaient spontanément sortis de chez eux pour repousser les assaillants.

La situation dégénérait un escadron de gendarmerie intervenait, trente-cinq migrants étaient interpellés et, en vertu

142

de l'Etat de Siège, conduits à la maison d'arrêt de Melun sans autre forme de procédure. C'est à l'issue de cet incident que l'association « Défense Citoyenne » voyait le jour.

Son dirigeant Philippe d'Outrelon, marié, trois enfants, était un ancien officier de la Royale à la retraite qui tenait le Café-bar « La Petite Marine » rue Charles Luizet. La situation avait dégénéré dès l'arrivée des premiers migrants. Ils partaient la plupart du temps sans payer, bousculaient les clients, s'en prenaient aux femmes.

Son association fédérait la colère des habitants du quartier. Ils se réunissaient chaque soir et prenaient leurs décisions à main levée. La sécurité était l'objectif numéro un.

« Défense Citoyenne » était la mieux organisée, elle contrôlait le périmètre Bastille-République, zone éminemment symbolique, réputée comme étant la plus exposée.

L'Etat de droit était déliquescent, la population livrée à elle-même n'était plus protégée.

Les conditions de vie devenaient difficiles, l'insécurité se généralisait.

Plusieurs associations voyaient le jour, « Vigie Cité », « Unités de Protection du Peuple», « Les Veilleurs », « Aux Armes Citoyens», « Voisins Vigilants ». Leur but commun, protéger les quartiers exposés de la Capitale et ses habitants.

Une Coordination répartissait les périmètres à couvrir et les actions à mener.

Les affrontements étaient sporadiques, par chance aucun mort n'était à déplorer à ce jour.

Le harcèlement des rebelles avait des effets dévastateurs.

Finalement, pour mettre fin à la confrontation, l'Armée prenait position aux check-points névralgiques des zones sensibles.

Le Commandant Anemos, responsable du service action de la DGSE, avait notamment pour mission d'infiltrer les groupes de civils. Il coordonnait les initiatives citoyennes et empêchait tous débordements ou tentatives de récupération par des réseaux ultras.

Originaire d'Epire, région historique et montagneuse des Balkans, partagée entre Grèce et Albanie, Anatolikos Anemos était né dans une famille modeste d'origine albanaise.

Son père agriculteur, sa mère institutrice avaient élevé leur fils unique dans l'espoir qu'il fasse des études et devienne quelqu'un d'éduqué et cultivé.

Après une licence de Droit, il intégrait l'Ecole des élèves officiers de la Police hellénique et trois ans plus tard sortait meilleur de sa promotion Ulysse.

Il commençait sa carrière au commissariat central d'Athènes puis vite repéré par le Ethniki Ypiresia Pliroforion, le service national de renseignements grec, il en devenait l'un des meilleurs agents.

Lors de la crise chypriote, il était envoyé sur l'île pour encadrer les patriotes grecs et soutenir le gouvernement démissionnaire. Coupée en deux depuis 1974, la partie Nord de l'île était occupée par l'armée turque, après un coup d'État manqué visant à rattacher Chypre à la Grèce.

De retour à Athènes, il était chargé d'infiltrer Aube Dorée, parti ultra nationaliste impliqué dans des actes racistes, responsable de la mort de plusieurs étrangers.

Dix jours après le meurtre d'un musicien antifasciste, Anemos participait à l'arrestation de leur chef historique Nikos Michaloliakos et de plusieurs députés d'Aube Dorée.

Sa passion de la chose publique faisait de lui un serviteur de l'Etat.

Il s'était spécialisé dans le contreterrorisme et suivait une formation au GIGN français à Paris et au BfV allemand à Cologne avant d'intégrer la DGSE.

Chargé du dossier Rosbank, il comprenait que la situation de Georges était entre les mains de Natacha Dmitrienko et qu'il ne disposait d'aucune marge de manoeuvre.

144

Leur accord de mutuelle confidentialité n'était ni solide ni viable. Le jour où Natacha recevrait des ordres de sa hiérarchie allant à l'encontre des intérêts de Georges Ostar, elle n'hésiterait pas un instant.

Conscient de cette fragile relation, Anemos proposait à nouveau à Georges de travailler pour la DGSE, offre qu'il déclinait une nouvelle fois fermement.

De son côté, Arpagie en mémoire de Rakovicz, donnait son accord.

Considérant que la fonction de Georges au sein de la société Info3D relevait du Secret Défense, Anemos le plaçait sur écoute. Il pouvait ainsi vérifier la teneur de ses entretiens avec Natacha Dmitrienko.

Peu de temps après il s'en félicitait. Il surprenait une conversation avec Natacha au cours de laquelle Georges acceptait d'apporter des documents concernant le programme CAHO soi-disant oubliés à la dernière réunion.

Il convoquait Georges.

Strasbourg, le 3 juillet

Aurora avait presque quatre ans, Arpagie décidait de commencer une analyse.

La rupture avec Georges et la disparition de Rakovicz étaient de véritables chocs traumatiques dont elle ne se remettrait qu'avec l'aide d'une tierce personne.

Elle se couchait tôt, lisait beaucoup.

Elle relisait « le Camp des Saints » de Jean Raspail, publié en 1973, qui déjà visionnaire décrivait les conséquences d'une immigration massive sur la civilisation occidentale, la France en particulier.

Dans le delta du Gange, un million de « miséreux » prenaient d'assaut des cargos.

Les migrants voguaient vers un Occident incapable de leur faire modifier leur route. Les bateaux s'échouaient sur la Côte d'Azur, sous l'œil impuissant de pouvoirs publics désarmés face à la veulerie de la population autochtone et l'affaiblissement de l'armée française.

Ce roman comportait de nombreuses références à l'Apocalypse de Saint Jean, la submersion de la France qui y était décrite, résultait de l'incapacité tant des pouvoirs publics que de la population à réagir face à cette invasion pacifique mais lourde de conséquences pour une civilisation déjà ancienne.

L'auteur dénonçait ce qu'il considérait être un aveuglement de la part d'un clergé catholique trop favorable à l'accueil de populations immigrées devant les modifications que ces flux provoquaient sur la nature d'une civilisation.

Interrogé par Le Figaro, Jean Raspail répondait:

« C'est un livre inexplicable, écrit il y a presque quarante ans, alors que le problème de l'immigration n'existait pas encore. J'ignore ce qui m'est passé par la tête. La question s'est posée soudain : "Et s'ils arrivaient ?" Parce que c'était inéluctable. Le récit est sorti d'un trait. Lorsque je terminais le soir, je ne savais pas comment j'allais poursuivre le lendemain. Les personnages ont surgi, inventés au fur et à mesure. De même pour les multiples intrigues. »

Gabriel Keller était un psychanalyste de bonne réputation. Il suivait depuis longtemps la mère d'Arpagie pour dépression grave.

Âgé de soixante-sept ans, grand, mince, des yeux gris bleu sous une chevelure épaisse, son visage d'adolescent lui donnait une apparence d'éternel étudiant. Marié sans enfant, sa femme l'avait quitté pour un chanteur de music-hall.

Arpagie le voyait deux fois par semaine. Elle parlait peu, les séances duraient quarante-cinq minutes.

Au bout de trois semaines, elle commençait à raconter son existence bouleversée. Pas à pas Keller l'aidait à débrouiller

146

l'écheveau de sa vie intérieure. Le travail était long et laborieux mais indispensable.

Natacha était admirative, elle félicitait Arpagie pour son courage tant elle savait grande la souffrance endurée.

Paris, le 3 septembre

Georges et Natacha revenaient de Sotchi où ils avaient loué une villa trois semaines pour les vacances. Georges arborait une mine bronzée, reposée, il abordait sereinement cette rentrée.

Le Commandant Anemos l'avait convoqué pour, avait-il-expliqué, vérifier que la confidentialité mutuelle que Natacha Dmitrienko et lui avaient instaurée dans leur vie de couple était réelle.

Anemos lui fit part de la conversation qu'il avait eu avec Natacha au sujet de la transmission de données confidentielles du programme CAHO.

Georges parut étonné, il ne s'en rappelait pas.

Quoiqu'il en soit, il confirmait qu'aucune information concernant de près ou de loin le programme CAHO n'avait été ni ne serait transmise à Madame Dmitrienko. Ce n'était pas l'objet du contrat qui liait la Maison Info3D à la société Rosbank.

Anemos paraissait dubitatif et informait Georges que pour plus de sécurité, il avait ordonné par injonction administrative à la Direction Technique d'Info3D de ne plus communiquer aucune information ou donnée technique à Rosbank Moscou.

Georges était effaré, le cahier des charges prévoyait que, pendant toute la durée du contrat, la transmission, en tant que de besoin, de tout élément afférent à la mise en place du logiciel Rosnet était autorisée.

Le lieutenant Anemos précisait à Georges qu'il recevait ces instructions directement du SGDN (Secrétariat Général de la Défense Nationale).

Strasbourg, le 4 septembre

Georges prit soin de vérifier une nouvelle fois le cahier des charges avec Samucievicz, son Directeur Technique. Il n'y avait plus qu'à espérer que Natacha ne fasse plus aucune demande.

Arpagie semblait plus heureuse, les séances de psy commençaient à faire leur effet, elle se sentait soulagée, plus légère. Keller lui prescrivait un traitement à base d'antidépresseur et d'anxiolytique.

Aurora serrait fort son papa dans ses bras, il lui manquait.

Elle était inscrite à l'Ecole Internationale Robert Schuman qu'elle adorait. Le fil conducteur de cette année pour toutes les enseignantes était « le temps qui passe », les saisons, les différentes fêtes, le jardin qui change.

Aurora participait aussi à la chorale de l'école qui fédérait des enfants de différents niveaux dans l'approfondissement de la maitrise de la langue.

Jusqu'à Noël, le répertoire était principalement constitué de chants de Noël. Cette année la fête de l'Ecole avait lieu à la maternelle.

Moscou, le 7 septembre

Georges était inquiet, il demandait à Natacha ce qui se passerait si les autorités découvraient que des documents ou des renseignements classés Secret Défense avaient été divulgués, sous couvert d'un contrat commercial, en contravention avec le cahier des charges.

Natacha entra dans une fureur noire, Georges ne lui faisait pas confiance, elle ne méritait pas ça. Il rappelait seulement qu'en cas d'enquête approfondie de la Direction Générale des Services, on s'apercevrait que Natacha avait reçu d'Info3D la clé de déchiffrement d'un programme classé confidentiel.

Cette donnée n'entrait pas dans le cahier des charges du contrat, c'était une erreur administrative. Un tel acte était passible de haute trahison.

Natacha ne réagissait pas, Georges expliquait la situation de façon plus prosaïque.

Sa position d'officier supérieur du GRU notamment en charge du dossier Rosnet était éminemment incompatible avec sa vie privée, il y avait là conflit d'intérêts.

Elle devait se rendre à l'évidence qu'en utilisant, dans l'intérêt de son pays, l'homme qu'elle aimait, le père de son fils, Natacha mettait en péril l'intégrité et la pérennité de son couple et menaçait la carrière de Georges.

Elle était confrontée à un vrai dilemme.

Georges finit par avouer qu'il obéissait à une injonction de la DGSE de ne plus communiquer aucune information ni transmettre aucun document à la société Rosbank.

Natacha restait sans voix, le remplaçant de Rakovicz à la DGSE agissait de façon méthodique, il appliquait le principe de précaution à la sécurité d'Etat.

C'était de bonne guerre. Elle comprenait qu'il n'y avait plus rien à attendre d'Info3D.

Ça mettait fin pour partie au conflit d'intérêts.

Paris, le 10 Octobre

Bientôt les évènements s'accéléraient, l'Histoire s'emballait.

La France et l'Allemagne décidaient unilatéralement de lever les sanctions contre la Russie au grand dam des Etats-Unis.

Des accords de coopération dans le domaine de la sécurité étaient signés aux termes desquels, dans l'urgence, les services de renseignement des pays signataires devaient s'échanger leurs bases de données pour constituer un fichier central de lutte antiterroriste baptisé « EUROSEC» pour la circonstance.

La coopération était renforcée dans le domaine militaire avec le lancement de nouveaux programmes d'équipements électroniques et de satellites de géolocalisation.

Des équipes mixtes d'instructeurs étaient constituées pour assurer la formation des jeunes recrues.

Les délégations de chaque pays signataire se réunissaient une fois par mois à Strasbourg pour faire un point sur l'état d'avancement des mesures préalablement décidées et coordonner les actions à mener.

Les décisions prises à l'unanimité à l'issue de chaque réunion étaient mises en œuvre dans le mois suivant.

Le Général Zakachenko et la Colonel Dmitrienko représentaient la délégation russe, le Général Christophe Gomart et le lieutenant Anemos la délégation française. La délégation allemande était représentée par le Général de Division Hans Otto Budde commandant la Division des Opérations Spéciales (DSO).

La crise ukrainienne se soldait par la signature d'un nouvel accord à Kiev au terme duquel les autorités ukrainiennes accordaient un statut spécial aux républiques autoproclamées du Donbass.

La présence des migrants devenait ingérable, les autorités débordées n'avaient plus les moyens de faire face à cette marée humaine sans précédent.

150

Un nouveau groupe de civils plus déterminé et violent que les autres s'en prenait physiquement aux étrangers.

En référence à la Grande Chasse du roman de Vargas, chasse hurlante que l'on entendait passer la nuit quand se déchaînait la tempête, « Armée Furieuse » se donnait comme objectif de chasser par tous moyens les migrants hors du territoire.

Elle menait des actions punitives aux conséquences dramatiques, des dizaines de morts étaient à déplorer.

Les populations du Vieux continent continuaient de s'expatrier à l'Est. Chaque jour plus nombreuses, on décomptait pas moins de 183 000 familles ayant déjà quitté la seule région parisienne.

Dans les autres régions, le nombre de départs prenait une ampleur sans précédent.

On pouvait parler de grande refondation. Les mouvements migratoires s'accéléraient dans les deux sens. On avait affaire à une vague sans précédent.

Certains pays d'accueil du Centre Europe mettaient en place des pont aériens pour faciliter la grande transhumance.

Suite aux accords de Kiev, la France, l'Allemagne et la Russie, mesurant l'étendue tragique des évènements, envisageaient une action commune dans les plus brefs délais. Un projet de rapprochement s'esquissait à côté de l'Union des vingt-huit.

Aux termes d'un traité signé et ratifié à Strasbourg par les dirigeants des trois pays signataires, était créée la « Confédération Libre d'Europe » aux côtés de l'Union européenne, instaurant une zone de sécurité et de coopération des peuples de souche du continent.

Elle avait notamment pour objet de préserver les fondamentaux du Traité de Lisbonne. Son statut d'organisation de droit international lui donnait la personnalité morale.

Le pouvoir exécutif était exercé par un « Conseil de la Confédération », réunissant chefs d'Etat et de gouvernement de la troïka. Il prenait des directives à l'unanimité, immédiatement applicables.

Le Traité de Strasbourg remplaçait les accords mort-nés de Schengen par un nouvel accord « Schengen 2 » et créait une agence ProFrontex chargée de mettre en œuvre rapidement les règles communautaires relatives à la protection des frontières extérieures.

L'Eurouble servait de monnaie de référence de la Confédération.

Sur le plan militaire, une directive du Conseil, ratifiée par les gouvernements de la troïka, portait la Force Euro Défense sur les fonts baptismaux.

Formée de trois divisions françaises de la deuxième armée, incluant la brigade franco-allemande Eurocorps, de deux divisions de la Bundeswehr et de trois divisions de la première armée des Forces armées de la Fédération de Russie, elle avait pour mission de sécuriser l'Espace Schengen 2 élargi aux frontières russes jusqu'à l'Oural.

Véritable Corps d'armée intégré, mandaté par les gouvernements de la troïka, elle avait un statut de force d'action rapide permanente. Son quartier général était directement rattaché aux ministres de la Défense des pays signataires.

Au total 582 000 hommes, cinq cent dix blindés, 125 hélicoptères de combat et d'assistance, 425 avions de combat, deux gros porteurs 400M, 200 tubes d'artillerie et 5 000 armes antichars constituaient une task force d'intervention rapide déployée aux côtés des armées de l'Union.

Un tel déploiement impliquait la disponibilité quasi immédiate d'un personnel formé et de l'équipement nécessaire.

Strasbourg, le 20 octobre

La Colonel Dmitrienko et le Commandant Anemos, récemment promu, se voyaient une fois par mois lors de la réunion des délégués de la Confédération au Palais des Congrès. Il leur arrivait même de prendre un café en face au bar tabac des « Malgré Nous ».

Là ils échangeaient leurs points de vue sur la meilleure façon de coopérer. Anemos se rendrait à Moscou le mois prochain.

Un jour ils évoquèrent le dossier Rosbank. Anemos rappelait à Natacha la raison pour laquelle Info3D avait reçu injonction de ne plus rien communiquer à Rosbank. Les données du logiciel Rosnet étaient stratégiques. Natacha était bien au courant.

Arpagie déjeunait régulièrement avec elle lorsque son emploi du temps le permettait. Elle racontait à Natacha que son psy, récemment divorcé, était bel homme. Elle avait accepté son invitation à dîner. Ils avaient une attirance partagée mais rien ne s'était passé.

Le Commandant Anemos demandait à Natacha si elle pensait que sa situation maritale était compatible avec sa fonction. Natacha répondait en souriant que Georges et elle savaient à quoi s'en tenir. Pour éviter tout conflit, ils étaient convenus d'une mutuelle confidentialité.

Paris, le 28 octobre

Georges était licencié sans préavis pour atteinte à la sûreté de l'Etat.

Anemos prévenait Natacha. La Direction Générale d'Info3D n'avait pas le choix, la décision était d'ordre public, elle faisait l'objet d'un décret du gouvernement.

Aucun recours n'était possible devant les Prud'hommes. Georges était abasourdi, il était pourtant conscient des risques qu'il encourait. Il devait quitter son bureau le jour même sans explication.

Moscou, le 30 octobre

Natacha se désolait pour Georges, elle se sentait responsable de la situation.

Elle lui proposait de continuer à travailler pour Rosbank en freelance.

Finalement Georges s'installait à Moscou et créait sa propre agence avec un partenaire russe membre de la Croix Rouge de la Fédération de Russie.

« France Russie Accueil » avait pour objet d'aider les expatriés du Vieux Continent à leur arrivée à Moscou, régulariser leur situation vis-à-vis des autorités russes et s'intégrer rapidement.

L'agence effectuait les démarches administratives, trouver un lieu de résidence, un emploi, inscrivait les enfants à l'école et les parents à des cours accélérés de langue russe.

Natacha facilitait l'octroi des différentes autorisations et contrôlait l'identité des nouveaux arrivants.

La plupart des familles d'expatriés choisissait la Russie, où régnait cohésion sociale et paix civile, pour continuer à vivre à l'abri de toute menace.

Assurer la sécurité des personnes et des biens, prévenir et réprimer les actes de délinquance incombaient à tout État, quelle que soit sa forme politique. En république, sous une monarchie et peut-être même sous une dictature, il était interdit de tuer son voisin ou de soustraire un bien appartenant à autrui. Ce qui distinguait les démocraties des autres régimes, était l'action répressive de l'État conditionnée par le respect des libertés individuelles.

Nonobstant, l'insécurité restait le pire des fléaux pour la société humaine. Lorsqu'une communauté n'était plus en mesure d'assurer la sécurité de ses membres, les valeurs de liberté et de travail étaient menacées de disparition et à terme toute forme de société organisée.

Strasbourg, le 15 novembre

La Capitale de l'Est était envahie d'une noria de cars en provenance de Paris charriant par convois entiers les candidats au départ vers le centre Europe. L'insécurité qui régnait à Paris était telle que toute vie sociale y était désormais impossible.

Arpagie faisait partie des équipes de bénévoles qui assistaient les organisations humanitaires de la ville.

Protection Civile et Secours Populaire montaient d'immenses tentes sur la place du marché pouvant accueillir plusieurs centaines de familles avant leur transfert vers des pays d'accueil.

Quelques familles choisissaient de rester vivre à Strasbourg. Spontanément la mairie mettait ses services à leur disposition et offrait des repas gratuits aux indigents.

La population se mobilisait pour apporter vêtements et nourriture aux plus démunis.

La plupart des familles quittaient Paris en emportant le strict minimum. Elles faisaient venir leur déménagement une fois connu leur nouveau lieu de résidence.

Arpagie accouchait d'un petit Orien magnifique, tout le portrait de son papa, il avait son regard et son sourire. Aurora le portait dans ses petits bras comme si c'était son plus beau cadeau de Noël. Elle demanda pourquoi son papa n'était pas là, Arpagie, émue et embarrassée, répondit que le Père Noël l'avait emmené dans son grand traineau.

Paris, le 7 décembre

A l'approche des fêtes de Noël, de véritables scènes de guerre civile se déroulaient dans le centre. Tout était irrationnel, décousu, irréel. La France défigurée, salie, oubliée.

« Armée Furieuse » s'en prenait physiquement aux migrants, tuant plusieurs d'entre eux. En représailles, des dizaines d'habitants des quartiers République et Bastille étaient abattus par les rebelles.

Des barricades étaient dressées boulevard Richard Lenoir, boulevard Voltaire, avenue Daumesnil, rue Réaumur et avenue de la République. Les unités du Génie intervenaient aussitôt pour procéder à leur démantèlement.

Inspirés par la Commune, les parisiens se regroupaient et, avec l'aide de réservistes, constituaient une Garde nationale chargée d'organiser la défense des quartiers. L'armée leur fournissait des armes.

A l'appel des banlieues, plusieurs groupes des cités venaient massivement prêter mainforte aux réfugiés. Certains émeutiers envahissaient les beaux quartiers et réussissaient à piller quelques appartements abandonnés à la suite du départ de leurs propriétaires.

GIGN et RAID intervenaient 24 heures sur 24 pour éviter des bains de sang et neutraliser les plus enragés des insurgés.

Le Commandant Anemos et le Service action de la DGSE ratissaient les quartiers les plus chauds à la recherche des meneurs. Plusieurs activistes étaient arrêtés et conduits manu militari à la caserne de Reuilly pour y être internés et jugés sans autre forme de procédure.

La Police et la Gendarmerie étaient débordées, des unités parachutistes appuyées de véhicules blindés tentaient de mettre fin aux émeutes et de rétablir l'ordre républicain.

Dans le cadre des accords de coopération militaire, le Conseil de la Confédération décidait conjointement avec l'Union de l'envoi d'une brigade de forces spéciales chargée de sécuriser les zones stratégiques notamment gares, zones portuaires, aéroports, centrales nucléaires, ministères, bâtiments publics.

La situation dans les grandes villes était chaotique.

Les émeutes avaient des conséquences tragiques, plusieurs centaines de morts étaient à déplorer.

Les banlieues armaient les migrants et se joignaient aux rebelles. Plusieurs d'entre eux se faisaient sauter à l'entrée des églises.

La loi martiale instaurait un couvre-feu à partir de vingt heures. Des réfugiés étaient abattus sans sommation pour ne pas l'avoir respecté.

De nouvelles barricades se construisaient chaque jour.

Les zones tenues par les rebelles s'étendaient maintenant jusqu'à l'Est de la Capitale.

La Mairie de Paris ressemblait à un camp retranché, des éléments de la Garde nationale et quelques unités de CRS en gardaient les accès.

Un parachutage sur Paris de plusieurs contingents de forces spéciales décidé par la Confédération, mettait fin aux émeutes.

Au bout de quelques jours, l'ordre était rétabli, les insurgés désarmés, les principaux chefs de la rébellion tués, en fuite ou sous les verrous.

Moscou, le 15 décembre

Arpagie arrivait la veille avec sa fille, totalement épuisée après la semaine qu'elle venait de passer. Le petit Orien était resté à Strasbourg avec ses grands-parents.

Georges commençait ses journées à cinq heures du matin et rentrait le soir vers vingt-deux heures. Les nouveaux arrivants étaient pour la plupart démunis de tout, il fallait trouver des hébergements provisoires. Natacha était chargée de vérifier leur état civil et leur délivrait des cartes de séjour.

Les autorités russes étaient très exigeantes sur les formalités d'admission et la moindre irrégularité pouvait provoquer un refus d'entrée en Russie.

Georges travaillait main dans la main avec la mairie de Moscou. La chanteuse Valeriya offrait un concert gratuit de bienvenue aux exilés du Vieux Continent.

Arpagie se reposait, son traitement la fatiguait. Elle appelait ses parents chaque jour, Orien était un bébé facile. Tatiana s'occupait de son petit frère et de sa soeur, elle les emmenait chaque jour se promener à Gorki Park. Iouri le chauffeur garde du corps de Natacha les accompagnait.

Georges recevait la nationalité russe et devenait « Citoyen d'honneur » des mains de Natacha. Ce statut avait été créé en 1832 par un manifeste de l'empereur Nicolas Ier.

Des droits et privilèges étaient accordés aux citoyens d'honneur : droit de porter dans tous les documents et actes officiels le titre de citoyen d'honneur, exemption de châtiments corporels, droit de vote et d'élection au conseil municipal, droit d'inscription à l'université, droit de posséder des demeures à la campagne, droit de commercer (sans vendre soi-même dans un magasin de détail).

De simple ONG, l'association « France Russie Accueil » avait acquis un statut de société dont Georges était le gérant.

Natacha décidait qu'ils passeraient le Noël russe ensemble à Moscou avec les enfants.

Paris, le 23 décembre

« Un peuple de moutons finit par engendrer un gouvernement de loups. » prédisait Agatha Christie.

Tout portait à croire que les choses étaient maintenant irréversibles, une mécanique infernale s'emparait du cours des évènements. Le mal triomphait.

La Ville Lumière était marquée au fer rouge de la guerre civile, la communauté nationale se disloquait inexorablement. Une lutte sans merci continuait d'opposer les unités spéciales de la Confédération à des groupes de rebelles non identifiables, dans des combats dont l'importance et l'extension dépassaient la simple révolte.

L'Etat de siège était prolongé jusqu'à plus vraie date, la loi martiale instaurée dans tout le pays maintenait le couvre-feu dans les grandes villes.

Selon Rousseau, « tout État libre où les grandes crises n'ont pas été prévues est à chaque orage en danger de périr.».

Le Commandant Anemos était récompensé pour sa bravoure et son sens du devoir.

A son actif, l'arrestation de vingt-huit chefs rebelles issus de l'immigration et la sauvegarde d'une école juive dans le 18ème.

Il recevait la Légion d'Honneur des mains de Nicolas Le Nen, officier français appartenant au 27e bataillon de chasseurs alpins, depuis 2014 directeur du service Action de la DGSE.

Les chefs de la rébellion ainsi que plusieurs dirigeants d'Armée Furieuse étaient jugés en comparution immédiate, la sentence une fois rendue devenait exécutable sans possibilité de recours.

Le fondateur d'Armée Furieuse n'était autre qu'Hubert de Valmaur. Sa réputation était des plus sulfureuses. Après le meurtre d'Emeline, il avait été libéré pour bonne conduite sur intervention du Préfet de Police, un ami de son beau-père.

Sa femme Rosamund avait accepté de le reprendre à la seule condition qu'il travaille pour son père et s'interdise toute sortie nocturne.

Lorsque les évènements débutèrent, il trouva l'occasion avec quelques amis chiliens de sa femme, anciens partisans de Pinochet, de créer une espèce de milice chargée de protéger les propriétés de son beau-père. Elle fonctionnait comme une société paramilitaire privée. Essentiellement composée d'anciens du service d'ordre de Patria y Libertad, ses méthodes étaient fascisantes.

Valmaur condamné à trois ans de réclusion, était incarcéré avec les autres chefs rebelles au Fort de Vincennes transformé en prison de haute sécurité.

Grâce au couvre-feu, les fêtes de Noël se passaient dans le calme, aucune voiture n'était incendiée aux Champs-Elysées.

Moscou, le 7 janvier

Le sapin de Noël qui trônait dans le salon était gigantesque, Natacha faisait bien les choses.

Georges emmenait tous les enfants à la Cathédrale du Christ Sauveur pour assister à la messe pendant que Natacha et Arpagie préparaient la dinde traditionnelle fourrée aux truffes pour le déjeuner.

Les deux femmes étaient resplendissantes, Arpagie arborait une robe fourreau de tulle blanc Givenchy que Natacha lui avait prêtée. Sa tenue ajourée laissait entrevoir son corps de liane aux courbes magnifiques, aux formes ravageuses.

Comme à son habitude, Natacha mettait une robe bustier Chanel en organdi rose pâle très échancrée laissant déborder son opulente poitrine.

Après le déjeuner les enfants firent une sieste, ils avaient reçu leurs cadeaux pour le dessert. La bûche orthodoxe était surmontée d'une croix en sucre chocolaté.

Tatiana accompagnée par Iouri sortait rejoindre des amis.

Georges proposait un cognac à ces dames. A l'aise, elles ôtaient leurs chaussures. Arpagie retrouvait le goût du plaisir, Natacha mettait un peu de musique, c'était du jazz New Orleans.

Georges les invitait tour à tour à danser, Natacha se coulait dans ses bras. Arpagie, qui n'avait pas touché un homme depuis la mort de Rakovicz, se serrait machinalement sur son entrejambe.

L'atmosphère se réchauffait. Natacha dansait un slow langoureux avec Arpagie. Elles se caressaient, s'embrassaient comme des lesbiennes énamourées, femelles primitives, guerrières obscènes, explosibles.

Lorsqu'elles se levèrent et marchèrent vers la chambre, Georges les suivait intrigué et séduit.

Natacha était surexcitée, Arpagie s'offrait à elle sans retenue. Brune au corps magnifique, elle se laissait pénétrer sans pitié par Georges tandis que Natacha femme-sangsue caressait sa chatte jusqu'aux os.

Sa langue étroite, épaisse, d'une mobilité étonnante, courait amoureusement sur ses lèvres comme si elle se promettait de goûter à toutes les félicités d'ici-bas. Les deux femmes jouissaient sans entrave et n'eurent que le temps de se rhabiller avant le réveil des enfants.

Ils firent une grande promenade au parc zoologique et visitèrent panthères des neiges, serpents, rhinocéros, boucs, orang-outang, pingouins, gibbons, grues couronnées, crocodiles, dholes, guépards, antilopes noires, martres à gorge jaune, ragondins, aigles. Les enfants criaient de joie, c'était un moment inoubliable.

Arpagie décidait de rentrer à Strasbourg, Aurora resterait à Moscou avec son frère et sa sœur.

La fratrie s'unissait naturellement.

Dans une sphère d'acculturation aux contacts directs et permanents, les jeunes générations créaient de nouveaux modèles sans décalage culturel ni difficultés d'intégration.

En fait, les cultures qui se construisaient au contact des autres n'étaient pas imperméables, ni même isolées par des frontières étanches.

Toute culture transplantée ne pouvait rester identique à elle-même.

D'abord un sentiment de méfiance ou d'opposition face à la culture du pays d'accueil visant à réaffirmer sa culture d'origine puis acculturation et adoption de certains éléments.

Les populations immigrées inventaient de nouveaux modèles culturels.

Strasbourg, le 9 janvier

Orien babillait, poussait des cris de joie en voyant sa maman.

Arpagie était venue chercher son fils chez ses parents. En rentrant chez elle, elle comprit que quelque chose se passait.

La porte était ouverte non fracturée, une famille de parisiens vivait là depuis cinq jours.

La mairie renseignée par le Secours Populaire avait provisoirement attribué un étage de sa maison à la famille Pourquerie, un jeune couple avec deux enfants.

Ils habitaient rue Oberkampf à Paris, leur situation était devenue invivable. Craignant pour leur sécurité, ils avaient décidé de partir pour Strasbourg, une des rares villes encore à l'abri des flux migratoires.

Arpagie interloquée se félicitait d'avoir laissé Aurora chez Georges et Natacha à Moscou pour quelques jours de plus.

Ils faisaient plus ample connaissance, les Pourquerie étaient des gens charmants. Ils s'excusaient auprès d'Arpagie d'avoir envahi sa maison et faisaient en sorte d'être le plus discret possible.

Orien se réjouissait de la compagnie des enfants, Julien et Charlotte.

Les Pourquerie participaient aux courses de la maison, faisaient leur ménage et leur lessive eux-mêmes. Ils partirent la semaine suivante pour la Slovaquie, ils donneraient des nouvelles.

Arpagie reprenait ses séances avec Keller. Sa sœur Fabienne, Maire de Strasbourg de 2001 à 2008, avait été récompensée par une « Marianne d'or » en 2005.

Arpagie et Keller étaient nés à Strasbourg, leurs arrière-grands-parents avaient quitté Paris lors des évènements sanglants de la Commune.

A cette époque beaucoup de parisiens fuyaient déjà la Capitale devant une insurrection qui dura plus de deux mois.

La mixité sociale dans les quartiers, de règle depuis le Moyen Âge, avait presque disparu avec les transformations urbanistiques du Second Empire. Les quartiers de l'ouest concentraient les plus riches des Parisiens avec leur domesticité. Les quartiers centraux conservaient encore des personnes aisées. Mais les classes populaires s'étaient installées à l'est.

Paris, le 22 janvier

Il faut, pour qu'un État soit puissant, disait Voltaire, que le peuple ait une liberté fondée sur les lois, ou que l'autorité souveraine soit affermie sans contradiction.

Le gouvernement démissionnait, l'Assemblée Nationale était dissoute. Le chef de l'Etat nommait un Directoire de cinq membres chargé d'élaborer la Constitution de la Sixième République qui allait proclamer la suppression du Sénat, le non cumul des mandats, un nombre de députés limité à quatre cent, un mandat présidentiel unique de sept ans, la suppression des Conseils Généraux, le rétablissement du service militaire obligatoire pour une période de six mois, la suppression du RSA, le droit de grève interdit dans les services publics, la semaine de travail de quarante heures, la retraite à soixante-sept ans, le rétablissement de la peine de mort pour les actes de terrorisme, le rétablissement du suffrage censitaire. On en revenait au principe des citoyens actifs et passifs de 1791, l'histoire se répétait.

Le Commandant Anemos était chargé de la protection rapprochée des membres du Directoire.

La Colonel Dmitrienko faisait une visite éclair à Paris pour superviser l'installation des Spetsnaz envoyées en renfort par la Confédération suite aux derniers évènements insurrectionnels de la Capitale.

Elle croisait Anemos qu'elle avait pris l'habitude de rencontrer aux réunions de Strasbourg.

Ils prenaientt un verre au Meurice pour débriefer la situation qui restait tendue.

De retour à Moscou, elle rapportait au Général Zakachenko.

Peu de temps après, elle apprenait qu'Anemos était tué au cours d'une confrontation avec des membres d'Armée Furieuse.

La nouvelle était accueillie avec stupeur. Les principaux dirigeants d'Armée Furieuse purgeaient une peine de prison au Fort de Vincennes, il s'agissait d'éléments dissidents ultra radicaux.

Paris n'était plus fréquentable, ses habitants vivaient un calvaire.

Le remplaçant d'Anemos était un jeune colonel de Légion qui avait notamment participé aux opérations Sangaris et Barkhane. Il avait à cœur de venger son collègue mort au combat.

Les dissidents d'AF furent logés dans un squat du 19ème et abattus sans sommation lors d'un raid mené par le service action de la DGSE.

Natacha décidait de rencontrer le Colonel La Pérouse lors de son prochain passage à Strasbourg.

Strasbourg, le 3 février

Les délégations de la Fédération étaient arrivées tôt le matin. Elles descendaient à l'Hôtel du Dragon non loin de chez Arpagie dans le quartier de la Petite France.

L'homme était distingué, la quarantaine, marié, divorcé, sans enfant, il s'était engagé dès l'âge de 18 ans dans le Corps de la Légion étrangère. La Légion était sa seconde famille.

Il était surpris de rencontrer une femme de même grade appartenant à des services de renseignement dont la réputation n'était plus à démontrer.

Le Colonel La Pérouse était bel homme mais au grand dam de Natacha les femmes ne l'intéressaient pas.

L'entretien était courtois. La Pérouse expliquait qu'il n'y avait pas à proprement parler d'insurrection, qu'on assistait plutôt à un phénomène de guérilla urbaine qu'on pouvait facilement neutraliser.

Natacha considérait au contraire que dans un contexte de guerre de guerre civile, il fallait infiltrer les réseaux rebelles en amont pour éviter toute prolifération et couper le mal à la racine.

La discussion était abrégée, chacun avait ses méthodes.

Arpagie retrouvait Natacha à la Grande Brasserie pour un thé. Elle resplendissait, elle demandait des nouvelles d'Aurora. Les enfants allaient bien, les filles passaient du bon temps.

A la faveur des derniers évènements, Georges était coopté au Conseil municipal de la ville de Moscou pour représenter les associations humanitaires.

Natacha proposait à Arpagie de lui faire rencontrer un de ses amis de longue date.

Andreï Ribolova était un homme d'affaires avisé parlant couramment le français, il avait fait ses études à La Sorbonne et dirigeait aujourd'hui une entreprise de services Alfa Direct Service. Marié trois fois, divorcé, il avait une passion pour les femmes françaises.

Il avait vécu quatre ans à Strasbourg et habitait désormais Saint Petersbourg.

Arpagie conservait son poste de DRH chez Info3D, elle était en congé maternité pour 20 semaines.

L'après-midi elle emmenait souvent Orien se promener au Parc de l'Orangerie, on y trouvait un zoo, une mini-ferme, un centre de réintroduction de cigognes, un bowling, un circuit de voitures pour enfants appelé « L'École de Conduite », plusieurs aires de jeux, des terrains de sports et de pétanque. Il était aussi possible de louer une barque pour naviguer sur le lac.

Pendant ce temps, Dora attendait Aurora à la sortie de l'école.

Arpagie repensait à la proposition de Natacha, elle n'était pas sûre de vouloir rencontrer quelqu'un même fortuné. Cet Andreï Ribolova avait été marié trois fois, elle avait besoin de stabilité pour elle et ses enfants.

166

Paris, le 22 février

Natacha devait se rendre de nouveau à Paris à la demande de l'officier commandant l'unité Spetsnaz du GRU chargée des missions spécifiques de lutte antiterroriste.

Il souhaitait l'entretenir de différends qui existaient avec les autres unités de forces spéciales, notamment Vityaz qui dépendait du Ministère des Affaires intérieures russe.

En atterrissant au Bourget, le jet privé du Général Zakachenko s'était immobilisé dans un des hangars du Ministère de la Défense.

Natacha était conduite sous bonne escorte au siège de l'unité Spetsnaz installée dans les sous-sols de l'Hôtel d'Estrées, résidence de l'ambassadeur Orlov, gracieusement mis à disposition par l'ambassadeur lui-même.

Le Commandant Vladimir Svoboda recevait Natacha autour d'une coupe de champagne et lui expliquait qu'il avait un mal fou à coordonner ses troupes face aux interventions anarchiques du détachement Vityaz.

Natacha promettait au Commandant Svoboda d'intervenir en haut lieu pour rétablir la situation.

C'est au moment où elle quittait l'Hôtel d'Estrées que deux véhicules sans plaque immobilisaient la limousine de Natacha. En sortaient plusieurs individus cagoulés munis de fusils d'assaut qui ouvraient le feu en direction du véhicule.

La Maybach de Natacha était blindée, les impacts de balles furent sans effet. Le chauffeur garde du corps hurlait à Natacha de se coucher, l'un des agresseurs sortait un lance-roquettes RPG7 et ajustait son tir.

Le choc était terrible, les vitres volaient en éclats, le chauffeur était tué sur le coup, la voiture prenait feu. Natacha était évacuée sur le Val de Grâce et mourait peu de temps après de ses brûlures.

Plusieurs Spetsnaz accourus sur les lieux faisaient usage de leurs armes automatiques. Les membres du commando étaient abattus.

L'attaque était revendiquée par le Front Islamique Al-Tawhid, un groupe fondamentaliste qui prônait l'unicité de Dieu.

Arpagie et Georges prenaient le premier avion. Quand ils arrivaient au Val de Grâce, le corps de Natacha reposait dans la chapelle ardente de l'hôpital.

C'était une tragédie, Georges et Arpagie étaient déchirés, désespérés de douleur, ils perdaient une femme, une amie de coeur, une sœur, plus qu'un être cher, un double d'eux-mêmes sans qui la vie n'avait pas de sens.
Ils devaient prévenir les enfants, c'était un acte odieux. Le mal absolu.

Moscou, le 24 février

Un hommage national était rendu sur la Place Rouge au Colonel Natacha Dmitrienko, Héros de la Fédération de Russie, Chevalier de l'Ordre du Mérite pour la Patrie à qui revenaient de droit « Bienfait, Honneur et Gloire ». La cérémonie avait lieu en présence des chefs d'état et de gouvernement de la Troïka.
Le maire de Moscou prononçait un éloge funèbre vibrant à la mémoire de Natacha, une femme intelligente et courageuse qui toute sa vie durant avait servi son pays.
Le Général Zakachenko avait du mal à cacher son émotion.
Les deux jours qui suivaient étaient déclarés « journées de deuil national du peuple reconnaissant ».
La disparition de Natacha laissait un grand vide. Dans ce genre de situation dramatique,
Miguel de Unamuno confessait que « grâce à l'amour nous sentons tout ce qu'a de chair l'esprit. ».
Georges et Arpagie avaient le cœur brisé, on leur arrachait une partie d'eux-mêmes.

Avec le temps, patience et empathie, les enfants démontraient une vraie complicité, ils trouvaient leur place, se forgeaient de nouvelles habitudes de vie.

Ils témoignaient selon Radiguet de « cette reconnaissance que l'on éprouve envers qui nous porte envie », ils respectaient Georges et Arpagie.

On devinait que l'arbre devenait solide sous le vent.

Les jours qui suivaient, Tatiana expliquait qu'elle n'avait aucune envie de vivre chez son père. Il ne s'était d'ailleurs pas manifesté.

Georges était un beau-père naturel, tendre et affectueux, auprès de qui sa mère avait été heureuse. Elle n'envisageait pas de quitter les siens. Elios, Aurora et Orien étaient sa famille de cœur.

Elle et son frère Elios étaient les seuls bénéficiaires de la pension de réversion militaire de retraite de sa mère. A cela, s'ajoutaient une forte indemnité de dommages-intérêts représentant cinq ans de salaires de Natacha et un pretium doloris conséquent, versés par l'Armée Rouge.

Grâce à ça, Tatiana et son frère se retrouvaient à la tête d'un capital de trois millions d'euros et touchaient une retraite mensuelle équivalent à cinq mille euros nets. Ils pouvaient garder l'appartement de Kropotkinskaïa, Georges assumait leur scolarité, leurs dépenses personnelles et le budget de la maison.

Il vivait à Moscou avec Tatiana et Elios et faisait le déplacement à Strasbourg trois à quatre fois par mois pour voir sa fille Aurora et Arpagie.

Entretemps, il devenait administrateur de la ville de Moscou chargé des programmes humanitaires.

Tatiana obtenait une bourse pour suivre un Master de langues à l'Université de Strasbourg l'année prochaine. Elle logerait chez Arpagie.

Strasbourg, 18 avril

Arpagie se sentait horriblement seule. Lorsque Georges était là, elle reprenait confiance, dormait mieux. Elle occupait toujours son poste de DRH chez Info3D et se voyait adjoindre une assistante d'origine italienne. Ornella était charmante et très professionnelle, elle avait un CV long comme le bras.

Le soir Arpagie et Georges se promenaient avec les enfants le long du canal de l'Ill.

Les eaux du fleuve chatoyaient lassivement le long des quais.

Arpagie préparait un verre sur le balcon du salon. Un soir, elle se changeait, Georges l'emmenait diner à La Maison des Tanneurs, l'un des meilleurs restaurants de Strasbourg.

Elle arborait une robe Gucci légère et printanière, en voile de dentelle ivoire transparent. Son corps tout entier respirait une joie de vivre irréfrénable.

Arpagie avait souffert de douloureux évènements mais sa beauté charnelle était intacte.

Ses seins superbes semblaient avoir grossi. Son petit cul replet façon callipyge, on devinait des fesses rondes et fermes.

Georges faisait son deuil de Natacha, l'image d'Arpagie se superposait comme un double.

Ils buvaient beaucoup. Une fois rentrés, ils écoutaient du Brahms jusqu'à une heure tardive de la nuit.

Arpagie était alanguie sur le canapé, sa robe remontée en haut des cuisses, découvrait un string transparent, invisible et discret, derrière lequel souriait un minou délicieux.

Georges se laissait doucement bercer par cette vision sublime.

Ce soir-là, ils avaient besoin de retrouver chaleur et parfum de l'autre. La vie ne les épargnait pas.

Les enfants dormaient, Arpagie gardait un tempérament de feu.

La nuit était longue, Georges brûlait de désir. En érection permanente, il pénétrait Arpagie à plusieurs reprises, pratiquant levrette, nirvana, petit pont, singe, papillon, sodomie. Arpagie râlait inlassablement, jouissait sans entrave.

Il prenait l'avion tôt le matin, Arpagie dormait encore.

170

Moscou, le 25 avril

Le Conseil de France Russie Accueil avait lieu au Kremlin en présence du vice-ministre russe de l'intérieur. Georges présentait le rapport d'activité annuel 2015. L'Association accueillait trente-deux mille cinq cent réfugiés principalement français fuyant leur pays devant l'insécurité et le début de guerre civile qui y régnaient. Ils étaient logés, les enfants scolarisés et la plupart trouvaient un emploi. Les familles suivaient également des cours intensifs de russe leur permettant de mieux s'intégrer.

Le Commandant Olga Kournikova était la nouvelle responsable au GRU chargée de la sécurité des immigrés. Son rôle était à peu près le même que celui de Natacha mais ses prérogatives étaient moindres. Issue d'une famille paysanne de Sibérie, elle avait reçu une formation au Spetsnaz GRU. Sortie major de sa promotion Eltsine, aujourd'hui, tout comme l'était Natacha, elle était en charge du contrôle des nouveaux arrivants.

Jeune, trente-cinq ans, célibataire, cheveux châtains, elle était plutôt grande et bien foutue. Sa carrure impressionnait, 3e dan de karaté, elle toisait ses interlocuteurs masculins de son regard aux yeux noisette.

Georges faisait sa connaissance pour la première fois au Conseil de FRA.

Paris, le 12 mai

Arpagie se rendait à Paris pour la deuxième fois depuis l'enterrement de Rakovicz.

La Capitale était déclarée zone de guerre. Des blindés stationnaient à chaque rond-point. La présence de bâtiments publics noircis par le feu et de carcasses brûlées jonchant les rues, témoignaient de la violence des combats.

Les voitures étaient interdites à la circulation, les gens se déplaçaient à pied, en vélo, ou prenaient le métro qui fermait à vingt heures. Le RER francilien était à l'arrêt. Un véritable cordon sanitaire entourait les banlieues proches.

Le quartier général de la DGSE était un camp retranché où sacs de sable et barbelés protégeaient fenêtres et entrées. Des paras, casqués, portant gilets pare-balles, FAMAS chargés à l'épaule, gardaient chaque bureau.

Le Colonel La Pérouse recevait Arpagie avec tous les égards d'une veuve de guerre. Il l'avait convoquée pour lui donner de nouvelles instructions. Il s'agissait de coordonner l'action du service français avec celle du GRU. Elle devait se rendre à Moscou pour rencontrer le Commandant Kournikova récemment nommée.

L'après-midi elle en profitait pour voir Sabine, la sœur de Georges, avec qui elle s'était liée d'amitié. Elles prenaient un café Aux deux Magots, à moitié détruit.

Sabine racontait comment les gens des cités, en se joignant et en armant les migrants, déclenchaient de véritables insurrections. Face aux forces de l'ordre et aux forces spéciales, les affrontements étaient sanglants, plusieurs centaines de morts à déplorer, les principaux chefs de gangs et de la rébellion arrêtés ou tués.

Le couvre-feu était maintenu jusqu'à nouvel ordre, les magasins fermés à dix-neuf heures.

Il n'y avait pas de pénurie.

Dès le début des évènements, les Etats-majors de l'Union et de la Confédération mettaient en place le CENTAURE, une structure de commandement paritaire chargée de coordonner les actions communes. Les Généraux Zakachenko, Gomart et Budde décidaient des opérations spéciales avant d'en référer à l'état-major de l'Union qui donnait son feu vert.

Strasbourg, le 18 mai

En sa qualité de DRH, Arpagie recevait régulièrement des délégations de Rosbank pour de nouvelles formations dans le cadre du contrat signé.

Strasbourg était devenue une plateforme de transit pour les parisiens continuant à fuir la Capitale.

La Porte du Levant délivrait des certificats d'origine traduits dans toutes les langues et reconnus par les pays d'accueil, attestant l'origine et la nationalité de chaque émigrant.

De son côté, le Groupe de Visegrad, réunissant la Hongrie, la Pologne, la République tchèque, et la Slovaquie, faisait savoir sa ferme opposition à l'accueil de migrants dans leurs pays, rejetant notamment l'idée des institutions européennes d'un système de répartition obligatoire.

Moscou, le 16 juin

Georges était venu chercher Arpagie à l'aéroport Chérémétiévo au vol Aeroflot de vingt et une heures. Elle avait rendez-vous le lendemain matin avec le Commandant Kournikova au siège du GRU. Ils dinèrent tôt au Café Pouchkine. Arpagie dormait chez Georges à Kropotkinskaya. Tatiana et Elios dormaient déjà , la nounou prenait un thé dans la cuisine.

Olga Kournikova n'était pas une débutante, elle avait fait toute sa carrière aux Spetsnaz du GRU après quatre années de

173

guerre dans les rangs du Bataillon Vostok en Tchétchénie et en Géorgie. Elle était fille unique, son père était haut gradé du Vityaz, bientôt à la retraite.

Elle recevait Arpagie dans son bureau du huitième étage avec beaucoup d'égard.

Elle connaissait l'épisode douloureux de la disparition du Commandant Rakovicz et n'ignorait pas qu'il était le père de son fils.

Depuis les évènements, Olga travaillait en relation étroite avec le Colonel La Pérouse. Ils se rencontraient une fois par mois aux réunions de Strasbourg.

Arpagie n'était pas militaire, elle agissait comme simple correspondant de la DGSE de coordonner les actions entre les deux services.

Les deux femmes se trouvaient beaucoup de points en commun.

Arpagie restait quelques jours à Moscou pour visiter les installations du GRU.

Elle rejoignait Georges en fin de journée. Ils dinaient un soir au Bolchoï.

Paris, le 26 juin

Elle faisait un compte rendu positif de sa visite à Moscou au Colonel La Pérouse. Il lui proposait de suivre une formation pour devenir agent actif avec le grade de lieutenant et une solde de trois mille euros. Arpagie était intéressée.

Entretemps la Confédération, en accord avec l'Union, créait un couloir humanitaire en installant un pont aérien entre les pays de la troïka.

A l'issue du vote massif des anglais en faveur du Brexit, la France et l'Allemagne resserraient leurs liens avec la Russie dans le cadre d'une alliance continentale.

Des élections générales avaient lieu dans les trois pays au terme desquelles un Directoire confédéral de trois membres

174

était élu. La nouvelle instance dirigeante prenait des décisions à l'unanimité dans le sens d'un rapprochement des peuples dans les domaines culturel, social, économique, politique et religieux.

Une Réserve Confédérale était créée ainsi qu'une Banque Continentale Européenne. L'Eurouble créée servait de monnaie de référence.

C'était l'Europe à deux vitesses voulue par Giscard, une Union fédérale à vingt-huit et une Confédération franco-germano-russe qui devenait le véritable moteur de l'ensemble.

Après accord tacite entre les autorités et les représentants des migrants, Paris était déclarée « ville ouverte ». Son statut la préservait de toute destruction, l'épargnait de la ruine et de la poursuite des combats.

Une partie des migrants commençait à refluer vers leur pays d'origine.

Le Colonel La Pérouse était chargé de l'application des accords, Arpagie servait d'interprète auprès du Commandant Kournikova.

Un véritable corridor Paris-Berlin-Moscou reliait les trois capitales pour constituer le nouvel axe de la paix.

L'idée était que l'Union Européenne ne pouvait mener seule une politique équilibrée face à aux américains sans établir un partenariat stratégique avec la Russie au sein d'un noyau dur. Depuis la chute du mur et la réunification, le continent européen était désormais ouvert.

L'empire américain était plus puissant que ne le furent jamais les empires romain et victorien, les guerres se multipliaient (Bosnie, Kosovo, Somalie, Afghanistan, Irak, Syrie). Un partenariat stratégique entre l'Union européenne et la Russie, sur une base franco-allemande, permettait à l'Europe de peser sur la scène internationale d'un monde multipolaire. En 1949, lors d'une conférence de presse, le Général de Gaulle déclarait : « Moi je dis qu'il faut faire l'Europe avec pour base un accord entre Français et Allemands.

Une fois l'Europe faite sur ces bases, alors, on pourra se tourner vers la Russie. Alors, on pourra essayer, une bonne fois pour toutes, de faire l'Europe tout entière avec la Russie aussi, dût-elle changer son régime. Voilà le programme des vrais Européens. Voilà le mien. »

L'Union européenne et la Russie avaient intérêt à ce qu'émerge un monde multipolaire dans lequel l'Europe était à nouveau un grand carrefour.

Arpagie acceptait l'offre du Colonel La Pérouse.

Strasbourg, le 12 juillet

Arpagie dans ses nouvelles fonctions passait trois jours par semaine à Paris. Elle suivait une formation commando et s'initiait au krav maga.

Son activité de DRH chez Info3D se résumait à gérer les rémunérations et les avantages sociaux, les conditions de travail et de l'organisation du travail, des conflits, des questions juridiques, des litiges liés au droit du travail et le recrutement du personnel.

Rien d'exceptionnel, qui ne lui permette d'exercer les deux fonctions et de passer plus de temps avec ses enfants.

Georges venait souvent voir sa fille et avait l'habitude de rester quelques jours chez Arpagie.

Ses activités moscovites étaient prenantes et son rôle à la mairie de Moscou allait grandissant. Il était maintenant adjoint au maire en charge des services d'aide sociale. Qui plus est, son statut de citoyen d'honneur le rendait populaire, les gens l'arrêtaient dans la rue pour un selfie. Les moscovites le surnommaient « Frantsuzskiy Geroy Moskva », le héros français de Moscou.

Georges et Arpagie promenaient les enfants le long du canal de L'Ill.

Orien babillait tout seul dans sa poussette tandis qu'Aurora courait après les oiseaux.

Le soleil déclinait lentement, il faisait encore jour. La chaleur de l'été était suffocante , les gens se baignaient dans les bassins municipaux pour se rafraîchir.

Paris, le 3 août

Le « TransEurostar Express » Paris-Berlin-Moscou, TGV mis en service fin 2015, parcourait les 2420 kilomètres qui reliaient les capitales de la Confédération en sept heures trente-cinq à une vitesse moyenne de trois cent vingt kilomètres heure.

Le service à bord proposait des voitures lits de grand luxe, avec mini-suites offrant salon, minibar, télévision, cabine de douche et toilettes privées, en complément des voitures lits classiques universelles de première classe à cabines d'un, deux ou trois lits, ainsi que de seconde classe à trois lits et d'une voiture-restaurant sur la quasi-totalité du trajet.

Le TEE circulait au départ de Paris gare de l'Est à destination de Moscou via Kassel, Berlin, Bydgoszcz, Vilnius et Vitebsk, avec un départ le matin dans chaque sens et une fréquence de cinq départs par semaine.

La restauration était assurée, soit en cabine par le conducteur des wagons-lits, proposant vodka, caviar, bière, friandises, soit au wagon-restaurant.

Arpagie prenait pour la première fois le TransEurostar Express pour se rendre à Moscou.

A Berlin le Capitaine Alexia Von der Grass du BND montait à bord du train.

Agée de quarante-huit ans, rousse aux yeux bleus, spécialiste du contreterrorisme, elle se rendait également à Moscou pour faire la connaissance du Commandant Kournikova. Elle était sa correspondante en Allemagne.

La coordination des équipes chargées du contrôle des migrants était un des enjeux majeurs de la politique confédérale. Un mécanisme dont elles étaient les rouages.

Moscou, le 5 août

A l'arrivée du train en gare centrale de Moscou, les deux femmes étaient attendues par un chauffeur du GRU chargé de les conduire au siège du service. La température montait à trente -cinq.

Le Commandant Olga Kournikova les recevait en bras de chemise autour d'un bon déjeuner russe à la Loubianka. Elle faisait connaissance avec Alexia Von der Grass.

Arpagie était enthousiaste, toutes ces femmes embrassaient la carrière militaire avec entrain et devoir. Elles étaient épanouies, heureuses de leur vie.

L'après-midi, elles se réunissaient pour faire un point sur la situation générale des flux migratoires en Europe et les moyens mis en œuvre.

DGSE, BND et GRU travaillaient main dans la main. Les services s'échangeaient leurs fichiers.

Arpagie expliquait qu'en France la situation était maîtrisée mais restait tendue. Les mesures prises commençaient à faire leur effet. Une partie des migrants refluait vers leurs pays d'origine.

En fin de journée, elle rejoignait Georges à Kropotkinskaya.

Elios rentrait de promenade. Arpagie parlait avec Tatiana de ses études, Aurora et Orien lui manquaient. Elle lui proposait de venir à Strasbourg lors du prochain déplacement de Georges.

Paris, le 15 août

Les rues étaient désertes, les quartiers s'étaient vidés. La plupart des parisiens était en vacances. Les forces de sécurité maintenaient une vigilance accrue dans le cadre de la loi martiale.

Le Colonel La Pérouse ne prenait pas de congés, il supervisait l'ensemble des opérations de maintien de l'ordre dans la Capitale.

Arpagie était nommée Capitaine sur recommandation du Colonel auprès de l'état-major de la DGSE. Elle endossait le grade en pensant à Rakovicz, il serait fier d'elle. Georges la félicitait. Ses parents admiraient toujours leur fille pour sa persévérance et sa réussite dans ce qu'elle entreprenait.

Sa fonction et son rôle de gardien de sécurité lui donnaient le sentiment de prendre une revanche sur la mort. Olga et Alexia l'appelaient pour la féliciter à leur tour.

Que dire du rôle des femmes pendant la crise des migrants, elles maîtrisaient plus facilement leurs émotions que les hommes. Femmes soldats, elles étaient les mères de la nation, courageuses, résistantes, elles encaissaient chocs et coups sans se départir.

Elles étaient à la fois petites sœurs des pauvres, combattantes kurdes, volontaires russes du Bataillon de la mort, filles de Tsahal, désireuses de faire preuve de courage aux côtés des hommes.

Toutes ces femmes rendaient les crises plus humaines.

Strasbourg, le 21 août

La canicule plaquait les gens le long des murs à l'abri du soleil. Les norias de bus en provenance de Paris se tarissaient comme les sources asséchées du Nil.

Plusieurs familles s'installaient à Strasbourg, aidées en cela par le maire de la ville qui se servait de cet apport de population pour compenser la baisse de natalité de sa ville.

L'Eurocorps installé au Quartier Aubert de Vincelles, au Neuhof, était une initiative franco-allemande à laquelle s'étaient successivement joints la Belgique, l'Espagne, le Luxembourg et la Pologne.

Le Corps d'armée regroupait des contingents de six pays européens qui se partageaient toutes les responsabilités, et de quatre pays « associés » Grèce, Turquie, Italie et Roumanie.

Il était commandé par le Général de corps d'armée Alfredo Ramirez Sanchez.

Engagé dans son ensemble, il pouvait commander jusqu'à 60 000 hommes des forces terrestres.

Arpagie était chargée de coordonner à Strasbourg les services de la DGSE avec l'état-major de l'Eurocorps afin de mettre au point un dispositif d'alerte en cas d'actes de guerre ou de terrorisme.

Elle rencontrait le Général Alfredo Ramirez Sanchez.

De nationalité espagnole, brun, la cinquantaine, cheveux poivre et sel, l'homme était séduisant. Divorcé, célibataire, il avait deux enfants qui vivaient avec leur mère à Barcelone. Arpagie était sous le charme.

Ils programmaient plusieurs réunions auxquelles assistaient également la Commandant Kournikova et la Capitaine Von der Grass.

Entouré de femmes, le Général Sanchez n'avait d'yeux que pour Arpagie. Elle arborait un tee-shirt kaki qui gonflait ses superbes mamelons.

D'un commun accord ils adoptaient un ensemble de dispositions fixant des objectifs à atteindre et des moyens à mettre en œuvre.

Le plan « Griffon » devait permettre une réaction rapide et coordonnée en cas de menace caractérisée ou d'action terroriste, afin de renforcer la protection des personnes et des biens, faciliter l'intervention, assurer la continuité des services publics.

Il reposait sur une méthode croisant l'évaluation de la menace et l'analyse des vulnérabilités, une organisation par domaines d'action identifiant les leviers qui permettaient de réduire les vulnérabilités en fonction de l'intensité de la menace, une approche par objectifs de sécurité permettant de choisir au sein d'un répertoire les mesures les plus adaptées au niveau de menace dans une logique de juste suffisance.

L'évaluation de la menace était réalisée par la DGSE de façon régulière.

L'Eurocorps jouait un rôle de renforcement des autorités civiles. Ses forces terrestres déployées dans les lieux publics, remplissaient des missions de surveillance pour assurer une présence dissuasive, en complément des dispositifs de police et de gendarmerie, et en contact permanent avec les autorités policières.

Sanchez invitait Arpagie à diner au Gavroche, son restaurant favori.

Paris, le 7 septembre

Première conséquence du Brexit, les autorités françaises levaient les barrières de Calais.

Situé dans une petite forêt à proximité du port, le camp principal de la jungle abritait environ 6 000 migrants au total. La plupart tentaient de pénétrer clandestinement sur le territoire du Royaume-Uni, par les ferries effectuant la liaison avec Douvres ou bien par les trains empruntant le tunnel sous la Manche, où ils pouvaient facilement trouver du travail et où parfois ils avaient de la famille ou des amis.

Un grand nombre de migrants quittait maintenant Paris pour rejoindre Calais.

La Capitale avait des allures de ville occupée, certains quartiers ressemblaient à de véritables camps retranchés. Paris ville ouverte, la Tour Eiffel devenait la sentinelle du monde libre.

Arpagie rendait compte au Colonel La Pérouse de ses entretiens avec le Général Sanchez.

Après mûre réflexion, elle décidait de démissionner d'Info3D pour se consacrer entièrement à sa mission auprès de la DGSE. Quelque part elle avait à cœur de continuer l'œuvre de Rakovicz.

Alors qu'elle racontait, les larmes aux yeux, son histoire au Général Sanchez, il lui confiait qu'elle ne se sentirait totalement libre du souvenir de Rakovicz qu'en poursuivant son action.

Elle était vite conquise par ses nouvelles attributions. Il lui semblait qu'elle mettait ses pas dans ceux de Rakovicz, menait les mêmes enquêtes, effectuait les mêmes contrôles, les mêmes interpellations, arrestations, interrogatoires. Elle ramassait le flambeau resté à terre depuis sa disparition. Epanouie, heureuse, elle ne voyait plus de psy.

Strasbourg, le 10 octobre

Le Général Sanchez devenait un ami. Ils se voyaient régulièrement. Son divorce ne l'affectait pas, il était en bons termes avec son ex-femme. La mine radieuse et l'air jovial, il n'avait rien de commun avec Rakovicz.

Arpagie lui trouvait du charme et beaucoup d'aisance. Ils formaient une bonne équipe et leurs rapports étaient faciles.

Sanchez était né au Pays basque de mère catalane et de père castillan.

Il avait fait toutes ses études au pensionnat militaire de Tolède. Son père, Général de brigade dans l'armée franquiste, aujourd'hui décédé, lui avait mené la vie dure. Sa mère plutôt effacée, vivait encore à Barcelone.

Il était fils unique et très tôt apprenait à vivre seul.

Quand il rencontrait Arpagie, il était divorcé depuis huit mois et n'avait pas de liaison.

Ses manières étaient très académiques, il n'embrassait Arpagie pour la première fois que seulement au bout de six semaines. Après avoir couché ensemble, il la demandait en mariage.

Fervent catholique élevé dans la tradition Opus Dei, en tout cas il n'y aurait pas de célébration religieuse.

Moscou, le 16 octobre

Georges présidait pour la première fois une réunion du Conseil municipal. Plusieurs membres de Russie Unie le félicitaient pour son rôle dans la gestion humanitaire des émigrés d'Europe.

Il avait mis en place plus de trois cent vingt antennes d'accueil chargées de loger les arrivants.

Arpagie passait quelques jours à Moscou avec Aurora. Elles s'installaient à Kropotkinskaya dans la chambre d'ami.

Georges avait des places vip pour une représentation exceptionnelle du Lac des Cygnes au Bolchoï en honneur aux martyres de Stalingrad. Le président Poutine était présent.

La soirée était remarquable, les chefs d'Etat de la troïka assistaient à la représentation. Valeriya chantait l'Ode à la liberté de Pouchkine sur « La Marche slave » en si bémol majeur de Tchaïkovski, devenu l'hymne officiel de la Confédération.

Plus tard, ils dinaient chez Turandot. Arpagie portait une robe fourreau décolletée rouge hyper sexy de chez Valentino, elle était pour Georges la plus belle femme du monde. Il s'agitait comme un gamin, la beauté sensuelle d'Arpagie le rendait dingue. Il ne pensait plus qu'au moment où nu et docile, son corps sublime, se laisserait pénétrer à nouveau pour jouir jusqu'aux os.

Strasbourg, le 22 octobre

Sanchez était venu chercher Arpagie à l'aéroport, il attendait une réponse.

Elle ne pouvait se résoudre. Sanchez était plus un ami qu'un amant, piètre soit dit en passant. Finalement, elle expliquait qu'elle n'avait pas fait son deuil de Rakovicz. Sanchez comprenait, il le prenait bien.

Paris, le 3 novembre

« Qui a du fer a du pain » déclarait Blanqui lors de la Commune sanglante de Paris.

A son retour, Arpagie mesurait l'étendue et les conséquences dramatiques des évènements. Dans chaque grande ville se maintenaient des poches d'insurgés en armes, véritables ghettos ceints de barricades, ravitaillés par des réseaux écolo-pacifistes, libertaires, anarcho-syndicalistes.

Confédérés, forces spéciales, RAID, GIGN, passaient à l'attaque les premiers.

Ils occupaient le Fort du Mont-Valérien où les rebelles avaient négligé de s'installer. Cette position dominait toute la proche banlieue ouest de Paris et leur donnait un avantage considérable.

Peu de temps après, ils s'emparaient de Nanterre, Colombes, Gennevilliers, Saint Denis, La Courneuve, Aubervilliers, Drancy, Bobigny, Bondy, les insurgés se repliant vers Neuilly. Migrants et banlieues réunis, lançaient une contre-offensive en direction de Versailles qui se soldait par un échec à Rueil et à Châtillon.

Dans les autres grandes villes de province, le scénario était le même. Les dernières enclaves rebelles se rendaient. Finalement, Paris était libéré.

Arpagie coordonnait les opérations sur le terrain sous les ordres de La Pérouse. Les officiers

Olga Kournikova et Alexia Von der Grass rejoignaient le QG de la DGSE.

Le soir pour fêter ça, elles dinaient chez L'Ami Louis et dormaient au Lutetia.

Femmes combattantes, nobles âmes sœurs, Arpagie retrouvait le sens de ce qui les unissait elle et Natacha. Pour son courage pendant la Bataille de Paris et ses nombreux faits d'armes, elle était nommée Commandant, la boucle était bouclée.

Strasbourg, le 15 décembre

La France est un vieux pays, mais aussi une nation jeune, enthousiaste, prête à libérer le meilleur d'elle-même pour peu qu'on lui montre l'horizon, disait Chirac.

L'Europe sortait des rudes épreuves d'une révolution qu'elle ne comprenait pas encore.

Il fallait détourner les yeux d'un passé souillé de sang, ne s'étonner de rien, « nil admirari », ni des changements, ni des murmures, ni des adulations, ni des servilités populaires.

L'effectivité enchanteresse, qui nous donnait d'exister, guérissait pour un instant notre incurable maladie métaphysique et faisait de la créature un créateur.

185

Il y avait chez Georges et Arpagie une sorte d'élan d'ivresse, de don, une dévotion complète à un idéal, une cause, une quête, qui se traduisait par la joie et l'allégresse.

Cela leur faisait du bien, les rassurait. Cela leur réchauffait le cœur.

Finalement Arpagie décidait de quitter Strasbourg avec ses enfants et s'installait chez Georges à Kropotkinskaya. Habiter Moscou était la meilleure solution.

En prenant sa place auprès de Georges, elle honorait la mémoire de Natacha et donnait une mère à ses enfants.

Aussi elle s'abandonnait à nouveau dans les bras de celui par qui tout avait commencé.

Au travers d'une sexualité débridée, elle percevait un goût prononcé de la vie qui gardait une saveur de sang et de chair.

Renaissaient les contrées éternelles, les territoires du bon sens. Georges, Arpagie comblaient les consciences altérées. Leur enthousiasme était une composante essentielle du bonheur, ils étaient capables d'éprouver confiance et volonté.

Pas d'enthousiasme sans sagesse, ni de sagesse sans générosité.

Tels les Sages vers la lumière, ils conservaient ce que les Enthousiastes acquéraient, ils savaient où ils allaient. Les désillusions les rendaient plus humains, le vent leur était favorable.

« L'homme marchait à vive allure, sans se détourner. Les épaules rentrées, tête baissée, il avançait sans but, comme un automate déréglé. Sa démarche était brutale et froide.

Plutôt que de s'arrêter à la terrasse d'un café, il préférait se rendre à pied chez sa sœur. Ce qui s'était passé le matin était probablement le moment le plus difficile de sa vie. »

Infatigables voyageurs aux horizons différents, deux femmes, un homme se rencontrent qui, en quête de territoires sacrés, découvrent bien après Elsa Triolet que « le temps n'est que l'activité de l'espace ». Aventuriers enthousiastes, ils

186

décident de s'accomplir. Semblables aux indéniables messagers d'une odyssée, ils vont s'aimer, se déchirer, se recomposer.

Face à la mort qui sépare, l'amour devient un credo fédérateur.

Après dénouement d'une simple enquête criminelle, l'intrigue se complique au coeur d'une affaire d'intelligence économique dans un environnement de crise migratoire et d'insécurité sans précédent qui bouleverse les lignes.

De Paris à Moscou en passant par Strasbourg, nos héros se confrontent au péril de leur vie en longeant le parcours initiatique de la « Chôra », l'authentique territoire de la Cité porteur de toute matière. Dans un vaste domaine en friche, novalis à l'image de leur existence vague, émerge une terre continue sans frontières où, nobles défricheurs, ils se tiennent ensemble, une roche mère infinie, source de leur devenir, où la seule réalité des consciences leur permet d'exister.

Poursuivant leur périple au gré d'un continent privilégié, frontière entre nature et culture, ces éclaireurs attentifs accomplissent la loi de leur inévitable instabilité. Chaque prétendant, à sa manière, se lie aux autres, subit échecs et trahisons, retrouve l'amour dans la traversée des villes et des terres.

Calme bonheur dont ils se savent exclus, zone de pureté et de rêve qui leur est interdite, c'est l'histoire d'une rencontre, le récit d'un voyage mouvementé, légitime succession d'accidents, fruits du hasard ou chances de la vie.

Dans un monde peu à peu virtuel où s'abstraient distance et durée, nos marcheurs héroïques, découvrent la réalité du territoire, coudoient d'authentiques passagers dont ils se font reconnaître pour mener leur tribu à bon port.

Table des matières

191

www.ingramcontent.com/pod-product-compliance
Lightning Source LLC
Chambersburg PA
CBHW070511260626
47161CB00004B/1518